KB110724

수필로 그리는 자화상 14

박기옥 수필선집

달의 진화

수필로 그리는 자화상 ⑭

박기옥 수필선집

달의 진화

인쇄 | 2024년 1월 25일
발행 | 2024년 1월 31일

글쓴이 | 박기옥
펴낸이 | 장호병
펴낸곳 | 북랜드
　　　　06252 서울시 강남구 강남대로 320, 황화빌딩 1108호
　　　　41965 대구시 중구 명륜로12길 64(남산동)
　　　　대표전화 (02)732-4574, (053)252-9114
　　　　팩시밀리 (02)734-4574, (053)252-9334
　　　　등록일 | 1999년 11월 11일
　　　　등록번호 | 제13-615호
　　　　홈페이지 | www.bookland.co.kr
　　　　이-메일 | bookland@hanmail.net

책임편집 | 김인옥
기　　획 | 전은경
교　　열 | 배성숙 서정랑

ⓒ 박기옥, 2024, Printed in Korea
저자와의 협의하에 인지를 생략합니다.

ISBN 979-11-7155-041-8 03810
ISBN 979-11-7155-042-5 05810 (E-book)

값 12,000원

달의 진화

박기옥 수필선집

북랜드

내 안의 원본原本

수필을 만난 지도 꽤 오래되었다.

대학 졸업 후 긴 세월 동안 나는 문학을 등지고 살았다. 늦은 나이까지 가정과 직장을 병행해야 하는 여자는 투명인간이었다. 어디에도 나는 없었다. 아무것도 내 것은 없었다. 나는 그저 아이 넷을 둔 평범한 직장 여성으로서 지우개처럼 매일 조금씩 닳아 없어지고 있을 따름이었다.

난감한 것은 내 안의 원본原本이었다. 비 온 뒤 새싹이 돋아나듯, 불탄 자리에 진달래가 피어나듯 그것은 예고도 없이 풀잎처럼 부스스 일어났다가 스러지곤 했다. 허망하고 허망했다. 누구도 나를 내치지 않았고 나 또한 아무도 등지지 않았건만 마음속 깊이 꿈틀거리는 상실감을 떨칠 수가 없었다. 금단현상이었다. 알코올이나 모르핀, 노름에만 금단현상이 있는 것이 아니라 문학에도 금단현상이 있음을 그때 알았다.

살림에서 놓여나고 직장에서 퇴직을 하자 나는 나의 원본을 찾아 나섰다. 그것은 맹목盲目에 가까웠다. 눈멀지 않고 미치지 않고서야 어떻게 다 늦은 나이에 겁도 없이 문학판에 뛰어들 수 있었겠는가.

나는 무슨 열사烈士라도 된 양 수필이라는 풀Pool에 몸을 던졌다. 가슴속 용암이 시도 때도 없이 끓어올라서 하루라도 컴퓨터 앞에 앉지 않고는 배겨낼 재간이 없었다. 나는 쓰고 또 썼다. 밤에도 쓰고 낮에도 썼다. 자다가도 쓰고 쓰다가도 잤다. 밥을 먹듯이 쓰고 잠을 자듯이 썼다.

등단 3년 만에 첫 수필집 『아무도 모른다』가 출간되었을 때 나는 비로소 그동안 내가 떠나온 것, 버린 것, 찾아다닌 것이 수필임을 깨달았다. 숨이 좀 쉬어졌다. 목젖까지 차올라온 갈증이 해갈된 것 같았다.

나는 글을 쓸 때가 가장 행복하다. 지금도 나는 누군가 나에게 '수필을 왜 쓰는가'라고 물으면 1분도 망설이지 않고 '행복하니까'라고 대답한다. 운명처럼 좋은 소재를 만나 잠 설쳐가며 가까스로 수필 한 편 쓰고 나면 세상이 달라 보인다. 찾아오는 누구라도 덥석 안고 싶어지며 방 안으로 날아든 하루살이 나방에게도 입맞춤하고 싶어진다.

어느 천문학자는 '별은 멀리서 볼 때만 아름답다. 연구하기 시작하면 아름다움은 사라진다'고 말했다. 수필은 아니다. 수필은 연구할수록 아름답다. 끝없이 나를 설레게 하고, 몰입하게 하고, 긴장시킨다. 수필 한 편 쓰고 나면 자신이 더욱 새로워지고, 너그러워지고, 부드러워짐을 느낀다.

엣지edge 있는 수필을 쓰려고 노력한다. 작가의 개성으로 봐주면 좋겠다. 연못이 활기차려면 여러 고기가 놀아야 하듯이 문학의 꽃밭에도 여러 꽃이 필수록 아름답다고 생각한다. 장미는 장미로, 채송화는 채송화로 좋다. 힘겹게 담벼락을 기어오르는 나팔꽃에게 왜 오르느냐고 물을 필요는 없다. 나팔꽃은 나팔꽃이기에 담을 오르는 것이다. 그에게는 그것이 존재 이유일 테니까.

선집 발간을 위해 그동안의 수필집을 뒤적거리는 일이 짜릿하고 행복했다. 집었다가 놓고, 취했다가 내치는 맛이 은밀하여 잠을 설쳤다. 한국수필에 감사하다.

박 기 옥

차례

● 여름

●가을

겨울

봄

해맞이

새해가 되면 언제나 해맞이로 가슴이 설렌다. 하나밖에 없는 해太陽가 해年가 바뀐다고 해서 달라질 리도 없거니와, 작년에 맞은 해가 올해 1월 1일이라고 새것으로 교체되는 것도 아닐 것이다. 그러나 매년 새해新年가 되면 해맞이로 들뜨게 되는 것은 어쨌거나 '새해이기 때문'일 터이다. 올해는 제주도에서 새해를 맞게 되었다.

이른 새벽, 우리는 새 해를 맞으러 동쪽으로 차를 몰았다. 닭모르해안길로 가는 중이다. 닭이 흙을 파헤치고 양쪽 날개를 펼친 모습과 같다 하여 붙여진 이름이다. 제주에서는 닭모르해안 혹은 닭머르해안이라고 부른다. 제주 18 올레길에 속한다.

제주 해안길은 아름답지 않은 곳이 없다. 신이 조각한 자연의 돌들과 금방 붓이 지나가 미처 마르지 못한 듯한 파란 바다는 그야말로 예술이다. 날씨가 좋았다. 영하의 날씨답게 쨍하니 맑은데 때 이른 바람이 새벽 공기를 가르고 있었다.

일행은 바닷가에 차를 세웠다. 부지런한 사람들은 우리보다 먼저

도착해 있었다. 대부분이 우리처럼 가족들이었다. 새해에 대한 기대와 간절함이 묻어있는 얼굴들이었다. 이 겨울에 텐트를 치고 밤을 새운 사람도 있었다. 더 간절한 사람들일까.

끝이 보이지 않는 망망대해에 어둠이 짙게 깔려 있었다. 만만치 않은 겨울 추위에도 파도는 한가롭게 몸을 뒤채었다. 하늘에는 별들이 가까운 듯 먼 듯 반짝이는데, 출발지부터 따라온 그믐달이 차마 지지못하고 외롭게 떠 있었다. 잡힐 듯 멀리 보이는 수평선은 수줍게 구름에 가려져 있었다.

"외삼촌, 바다 만지고 싶어."

"안 돼. 추워. 감기 걸려."

엄마가 말렸지만 외삼촌은 구태여 조카를 데리고 물가로 향한다. 수컷들은 어디서나 모험을 좋아한다. 손으로 직접 만져봐야 직성이 풀린다. 채 1분도 못 되어 비명이 들린다. 아이가 바위에서 미끄러진 모양이다. 아빠가 달려가고 엄마가 담요를 들고 뒤따라가는 사이 어스름한 새벽이 얼굴을 드러내면서 수평선이 띠를 두르기 시작했다. 여명이었다. 희미하게 물들어 오는 수평선 위의 구름이 나무가 되었다가 짐승이 되었다가 하는 사이, 마침내 여명은 무지갯빛을 뿜어냈다. 탄성이 절로 나오는 자연의 조화였다.

아빠가 담요로 싼 아이를 안고 올라오는 동안 여명은 빛을 안으로 삼키면서 붉게 물들여 갔다. 어둠 속에서 어제를 밀어내고 오늘을 잉태하고 있는 것이었다. 숨 막히는 고통의 시간이 얼마쯤 흘렀을까. 직전의 화려함을 가라앉힌 수평선이 조금씩 밝아오기 시작했다. 산고를 치르는 어미의 모습이었다. 내 어머니와, 어머니의 어머니의 모습이 저러했으리라. 온몸으로 하늘을 붉게 물들이면서, 오늘을 낳기 위해 자신의 몸을 찢었으리라.

아이의 울음이 잦아들 때쯤 태양은 더욱 힘차게 솟아올랐다. 눈이 부셨다. '어제의 해가 오늘의 해'라는 생각은 잘못이었다. '오늘은 오늘의 해'가 새롭게 뜬 것이었다. 금빛 햇살을 뿌리면서 떠오르는 저 해는 철썩이는 저 바다와 산이 온 힘을 다해 진통하여 낳은 새로운 해였다.

차를 돌려 집으로 향하면서 우리는 문득 일출 때 소원을 빌지 못했음을 깨달았다. 아이가 바위에서 미끄러지는 바람에 해변을 거닐어 볼 생각도 미처 못했다. 멀리 해안가 언덕 위로 정자가 올라오라고 유혹했지만 그마저 모른 척했다. 우리는 그저 하늘 높이 떠 있는 저 해를 낳기 위해 온 세상이 진통하던 그 순간을 떠올리며 차 안에서 잠시 고개를 숙였다. 아이는 어느새 엄마 품에 안겨 잠이 든 모양이었다.

봄

그들만의 세상

올 설날에는 손님이 많았다. 10여 년 동안 앞서거니 뒤서거니 결혼한 조카들이 다투어 출산을 했기 때문이다. 네 살부터 중학생까지 일곱 명이나 불어났다. 3대가 모이니 집안이 그득했다. 어느새 할머니 할아버지가 된 우리의 입은 연신 벌어졌다.

제사를 지내고 세배 순서가 되었다. 2대보다 3대가 압권이었다. 미취학과 취학으로 나뉘었다. 취학한 형들이 먼저 시범을 보였다. 두 손을 모아 공손히 절을 올린 후 무릎을 꿇었다. 어른들이 몇 마디 덕담을 건네는 동안에도 경청하는 자세를 보였다. 세뱃돈과 관련이 있기 때문이다.

그들의 머릿속에는 벌써 예상 금액이 들어 있었다. 어젯밤 조심스럽게 명단과 금액을 뽑아 보았다. 연장자순이 아니라 계산하기 좋게 고액 순으로 분류했다. 어른들이 지갑을 열자 두 손을 들고 알뜰하게 한 바퀴 돌아 챙겼다. 행여 건너뛰어 손실이 생기지 않도록 조심했다.

미취학으로 내려오자 모든 룰이 흐트러졌다. 동서남북으로 엉덩이를 치켜들고 한바탕 절을 올린 꼬맹이들은 받은 세뱃돈을 쪼르르 엄마에게 갖다 바쳤다. 형들처럼 한 바퀴 도는 것도 없었다. 한 사람이 주면 그것만 받는 것으로 끝이 났다. 스스로 대견하여 폴짝폴짝 뛰기도 했다.

상이 차려지고 어른들이 술잔을 기울이는 사이 아이들에게는 밥이 먼저 제공되었다. 닭볶음과 갈비찜과 갖은 나물이었다. 탕국은 공동으로 중앙에 서너 그릇 놓았다.

먹는 동안 부엌에서 과일을 챙기다가 이상한 기류를 느꼈다. 아이들이 없어진 것이었다. 거실에서는 어른들의 목소리만 들려왔다.

"애들은?"

"침대방요."

칼을 놓고 침대방 문을 열었다. 하이고! 침대 위에서는 진풍경이 벌어져 있었다. 중학생이 태블릿을 켜 놓고 앉은 주위로 조무래기들이 빙 둘러앉아 있었다. 『겨울왕국』을 보고 있는 참이었다. 얼마나 진지한지 G7 회의가 따로 없었다.

네 살짜리 막내까지 손가락을 물고 화면에 꽂혀 있었다. 얼굴을 박고 열중하느라 내가 들어간 것도 모르고 있었다. 그들만의 세상이 펼쳐져 있는 것이었다. 나는 한참을 객이 되어 서 있다가 뒤꿈치를 들고 조용히 방을 나왔다.

봄

늪

　다시 우포늪에 왔다. 벼 향기 드높은 계절이다. 늪 주변에 피어난 갈대와 억새들이 안개처럼 꽃술을 날리며 몸을 흔들어대고 있다.

　70여만 평의 광활한 늪에는 수많은 물풀들이 머리를 내밀고 있다. 개구리밥, 생이가래, 통발 등 부유식물들이다.

　수면은 푸른 융단을 깔아놓은 것 같은데, 늪 특유의 물풀 냄새가 바람에 섞여 풍겨온다. 자세히 보면 잎끝에서부터 물기가 마르기 시작한 것도 있다. 가을이 깊어지면 이들 또한 누렇게 변하리라.

　선인장같이 생긴 가시연은 어느새 시들어 연밥이 보인다. 늪의 반이상을 차지하고 있는 가시연은 맷방석 같은 넓은 잎을 물 위에 띄우고 그 밑에 매달려 산다. 연잎 속에는 무수한 자연의 나이테가 숨어있는 것처럼 보인다. 주름진 잎에는 호랑이 발톱마냥 수많은 가시가 돋아 있다.

　가시연이 얼마나 매운 마음을 가졌는지는 꽃을 피울 때 보면 안다고 했던가. 자신의 육신인 두터운 잎을 스스로 찢고 침으로 뚫는다. 보라색 꽃은 가시투성이의 꽃대에 수줍게 매달려 있다.

올여름에는 장마가 없어 유난히 꽃이 고왔다고 한다. 스스로 희귀하여 멸종 위기 식물로 보호받고 있음을 눈치챈 것은 아닐까. 꽃은 져도 향기는 남아서 잎의 상처를 어루만져 주고 있다.

키 큰 왕버들은 곳곳에 군락을 이루고 있다. 늪 속에 반쯤 밑둥을 담그고 있어 원시의 분위기를 자아낸다. 무슨 일인지 뿌리째 뽑혀 쓰러진 나무도 있다. 물을 잊지 못하고 물을 향해 쓰러져 비명소리가 들리는 듯하다. 마름, 창포, 부들 등 습지식물들이 끌어안듯 떠받치고 있다.

새들이 햇볕을 쪼이기 위해 머리를 날갯죽지에 파묻고 있다. 긴긴 겨울을 늪에서 보내기 위해 부지런히 오고 있는 친구들의 날갯짓 소리에 귀 기울이고 있는 중인지도 모른다.

백로 몇 마리가 정물처럼 떠 있다. 깊은 사색에 잠긴 것처럼 보인다. 줄 군락을 따라 오리들이 떠다니고 있다. 즐거운 담소를 나누고 있는 것일까, 여유롭고 느긋하다. 문득 내가 한 폭의 수채화 속에 서 있는 것 같은 착각이 인다.

아이들의 재잘거리는 소리가 들린다. 선생을 따라 견학 온 초등학교 조무래기들이다. 한 달 후에 있을 람사르 총회를 앞두고 생태계 체험학습을 하는 모양이다.

머리에 풀꽃 핀을 꽂은 젊은 여선생은 목청을 높여 설명을 한다.

"늪은 더러운 물질을 깨끗하게 걸러주는 역할을 해요. 그래서 우리들에게 좋은 환경을 만들어 주죠. 이 늪 속에 얼마나 많은 생물이 사는지 아는 사람 있어요?"

봄

아이스크림을 입에 문 아이들은 선생의 설명에는 관심이 없다. 저희들끼리 끝없이 재잘대고 장난치기에 여념이 없다. 그러나 선생의 인내심 또한 만만치 않다.

"이곳에는 1,000여 종의 생물이 살고 있어요. 지금은 사라지고 없는 생물도 이 늪 속에 살고 있답니다. 원시생물의 박물관이라고 할 수 있어요. 신기하죠?"

조무래기들이 돌아간 늪가에 앉아 물속을 들여다보기 시작한다. 1,000여 종의 생물이라, 1억 4천만 년 전부터 있어왔다는 바로 이 늪속에!

나는 순간 타임머신을 타고 시공의 역주행 속에 몸을 맡긴다. 태곳적 자연으로 돌아가 유인원의 세계에서 서성대기 시작한다.

소곤거림도 아닌, 소리조차도 아닌 작은 소리가 나의 청각을 두드린다. 이끼 속에 숨어 사는 작은 벌레들이다. 그들은 이끼 속에서 물과 아우르며 그 어떤 움직임을 진행하는 중이다. 미미한, 그러나 건강한 생물체의 확실한 존재감이다.

불현듯 머릿속이 환히 밝아져 온다.

비록 미물일지라도 생명이 시작될 때부터 이들에게도 인간과 똑같이 자연을 향유할 몫이 있지 않았을까. 인간들의 욕망에 밀려 멸종 위기에 몰린 이들을 나름의 생존방식대로 살아가게 둘 수는 없는 것일까.

늪이 지금 그 일을 해내고 있다고 하는 것이다.

나로서는 새로운 눈뜸이다.

나의 눈길이 늪 위에 뜬 부유식물들에 머문다. 식물들은 늪 위에 한가롭게 떠 있다. 저들은 또 어찌 저리도 평화롭게 보일까. 쓸데없이 몸무게를 불리지도 않을뿐더러 뿌리 또한 물 깊이 이상으로 뻗어 내리지 않기 때문이 아닐까. 세월과 벗하며 물과의 절묘한 조화를 이루는 슬기가 가슴에 와닿는다.

젊은 날 나도 저렇게 가벼워지고 싶었다. 무리하지 않고, 거스르지 않으며, 세상과 조화롭게 살아가고 싶었다. 그러나 그 또한 생각뿐이었음을 어찌하리.

누구던가 이 세상에서 가장 먼 거리는 머리와 가슴에 이르는 길이라 했다. 생각은 언제나 마음을 배반하고, 마음은 항상 생각을 따르지 못했다. 어리석고 미련하여 늪의 깊이를 부정하고 물의 힘을 거부하지 않았던가.

이제 나는 나의 감성의 영토 속에 늪 하나를 가지고 싶다. 젊은 날의 온갖 욕망과 집념, 절망과 고통에서 비켜나 내 마음의 흐름과 온도를 조절하는 나의 늪을 가지고 싶다. 나를 붙잡고 놓아주지 않는 또 다른 많은 나를 달래고 정화하는 건강한 늪 하나를 가지고 싶다.

봄

껌과 초콜릿

여자에게 있어 자식은 거울이다. 거울을 통해 자신을 살펴보는 계기가 된다. 좋지 않은 습관이면 더욱 그러하다.

나는 대체로 번거로운 일은 손익에 관계없이 하지 않으려 드는 편에 속한다. 그중 하나가 음식을 입안에 오래 두지 못하는 습성이다. 당연히 껌도 오래 씹어본 일이 없다. 군것질을 가까이하지 않는 편이라 평소 껌을 즐기지도 않지만 어쩌다 씹게 되면 단물이 제거되는 선에서 뱉게 된다. 한 걸음 더 나아가 옆 사람이 오래 씹고 있는 것도 불편할 때가 있다. 젊은 날 아직 뱉을 의사가 없는 남편에게 휴지를 내밀었다가 '민주국가에서 껌도 내 마음대로 못 씹느냐'는 항의를 받아 머쓱했던 적이 있다.

생활습관이 삶의 가치 또는 살아가는 방법과 밀접한 관계가 있음을 알게 된 것도 자식을 통해서이다. 내 아이들 역시 나를 닮아 씹기보다는 마시거나 삼키는 것을 좋아하는 편이다. 껌 하나도 오래 씹는 법이 없다. 껌이 왜 껌이겠는가. 꼭, 꼭 씹으라고 껌이 아니겠는가.

게으른 딸은 양말 신기 귀찮아서 도넛 사러 가는 것을 포기하고, 산

만한 아들은 시험 칠 때 뒷면에 있는 문제는 보지도 못한 채 반 토막 점수를 받아온다. 저학년 때는 73-18이라는 산수 문제에서 생각하기 귀찮은 나머지 8에서 3을 빼고 70에서 10을 빼고 만 적도 있었다. 매사를 주스 마시듯이 아이스크림 핥듯이 처리하여 삶에서 필요한 갈등과 고민이 배어 나오지 않는 것이었다.

내가 새삼 아이들에게 '껌의 철학'이 필요함을 깨닫게 된 것도 이 무렵부터이다. 언젠가부터 할아버지 세대의 '질경질경 씹기'를 주목하게 된 것이다. 그들은 껌이 생기면 그것을 씹고 또 씹고 하루 종일 씹고도 아쉬워서 상 밑에 붙여 두었다가 이튿날 다시 떼어서 씹었다. 그것이 저력이 되어 1.4 후퇴 때는 홀홀단신으로 국제시장 장사치가 되어 눈보라가 휘날리는 바람 찬 흥남부두로 동생을 찾아 나설 수 있었던 것이 아닐까.

서양으로 넘어가면 초콜릿이 등장한다. 초콜릿은 씹거나 입안에서 부수어 먹는 것이 아니다. 혀 위에 올려놓고 달래듯이 녹여서 먹는 음식이다. 이 또한 끈기와 인내를 요하는 과정이다.

보기와 달리 서구인들이 한국인보다 인생을 '달래듯이' 사는 것이 아닐까 생각될 때가 있다. 한국인들이 분수에 넘치게 값비싼 선물을 주고 받는 데 비해 그들은 대부분 꽃과 초콜릿을 정성껏 싸서 선물한다. 따라서 용도에 따라 온갖 종류의 초콜릿이 개발되어 있고, 꽃 또한 다르지 않다. 단순히 음식 이상의 낭만과 사랑의 이미지가 덧씌워져 있는 것이다.

모나코에서의 초콜릿 경험은 특이한 것이었다. 우리로 치면 예술학교 무용 전공 학생들의 기말고사쯤 되는 시험으로 외부인들에게 공개하는 것이 관례였다. 당연히 입장료는 없었다. 그러나 손님들은 성장을 하고 참석하는데, 손에는 장미와 초콜릿이 들려 있었다. 자기가 좋아하는 학생에게 선물로 주기 위함이었다.

학생들의 공연은 진지했고, 평가 교수들 뒤에 앉은 손님들 또한 그에 못지않게 엄숙했다. 끝난 후의 포옹과 선물. 어떤 이는 장미꽃을, 또 어떤 이는 초콜릿을, 다른 이는 주말 식사에 초대하는 모습도 보였다.

나는 초콜릿을 준비했는데 내가 주목한 땀투성이의 어린 소녀는 지치고 피곤한 모습이었다. 건네주는 초콜릿을 너무나 고마워하며 포장을 뜯더니 그중 한 개를 집어 들었다. 입안에 넣어서 다 녹일 때까지 거의 5분이나 걸리지 않았을까. 세상에서 가장 소중한 보물을 다루듯이 초콜릿에 집중하는 모습이 그 또한 나에게는 혼을 투입한 짧은 공연처럼 느껴졌다.

소녀는 온 신경을 혀 위에 있는 초콜릿으로 모은 다음 시간을 잊고 천천히, 그 속으로 녹아드는 것처럼 보였다. 마치 해방 후 이모나 외삼촌들이 껌 하나를 손에 넣게 되면 하루 종일 축복처럼 입안에 간직했던 것과 같았다. 나는 그 모습에서 예술을 향한 끝없는 여정과 기다림과 끈기를 보았다. 섣불리 삼키지 않고 부수지도 않으며, 충분히 녹을 때까지 적응하고 인내하는 모습이 인상적이었다.

오늘 아침 빨랫감을 챙기다가 아들의 주머니에서 휴지에 싼 껌을 발견했다. 스스로 버린 것인지 여자친구의 종용에 의한 것인지 고개를 갸웃거리다 보니 미소가 지어졌다. '민주국가에서 껌도 마음대로 못 씹느냐'던 그의 아버지의 모습을 보는 듯했기 때문이다.

한편으로는 정성껏 초콜릿을 녹이던 모나코의 어린 소녀도 생각났다. 소녀는 곧 조금 전 어느 일간 신문에서 본 40대의 한 발레리나의 얼굴과 겹쳐졌다. 그녀는 인터뷰 도중 혹독한 연습으로 상처투성이가 된 자신의 물갈퀴 발을 공개하며 자랑스럽게 웃고 있지 않던가!

봄

몸

'건강한 몸에 건강한 정신이 깃든다'는 말은 듣기만 해도 기분이 좋아진다. 제 아무리 천하를 호령하는 영웅이라도 건강을 잃으면 모든 것이 허사가 되기 때문이다.

반대로 이성理性을 주제로 한 예술조각품을 볼 때면 의문이 들기도 한다. 정신을 주제로 한 작업에 왜 하나같이 그토록 근육질의 몸을 강조하는 것일까? 저 유명한 로댕의 〈생각하는 사람〉도 운동선수 출신을 모델로 삼았다고 전해진다. 운동선수처럼 근육질의 건강한 몸이면 건강한 정신이 저절로 따라온다는 뜻일까? 인디언들은 길을 가다 가끔 멈추어 서서 뒤를 돌아다본다고 한다. 건강한 몸이 저혼자 앞서가느라 정신을 놓치는 일은 없을까 염려되어서다.

몸이 이성을 앞지르는 경우는 일상생활에서도 경험한다. 내가 속한 전문직 여성 클럽에서 〈차세대 전문직 여성 세미나〉를 열었을 때의 일이다. 학교장으로부터 고등학교별로 2~3명씩 추천받은 모범 학생들이 연수 대상이었다.

대상 학생들도 만만치 않았지만 주최 측인 우리도 다년간에 걸쳐 연구 개발된 프로그램들을 선보여 세미나 행사는 대내외적으로도 호

응도가 높았다. 평소 접하기 어려운 성공 여성들도 초청했을 뿐 아니라 '내가 만약 여성 대통령이 된다면'과 같은 열띤 토론 프로그램도 있었다. 포상 내용도 물론 파격적이었다. 전반적으로 분위기가 한껏 고조된 상태였다.

행사가 끝날 무렵 마무리용으로 우리는 색다른 프로그램을 하나 선보였다. 〈힙합 댄스〉 시간이었다. 무용을 전공한 멤버가 무대에 올랐다. 그는 말없이 학생들이 좋아하는 몇 가지의 댄스 동작을 선보였다. 폭발적인 함성이 강당에 울려 퍼졌다. 큐가 나가자 음악이 울리고 학생들이 몸을 움직이기 시작했다. 음악과 춤. 아우성. 흥분.

순식간에 강당은 젊은 몸들로 뜨거워졌다. 모든 학생이 갑자기 정돈되고 단결되었다. 머뭇거림도 뒤처짐도 보이지 않았다. 앞서거니 뒤따르거니 강물이 되어 함께 흐른다고나 할까. 바닷물이 파도를 이루며 숨 가쁘게 바위를 넘는 모습이라고나 할까. 지구상에 오로지 그들만의 세상이 펼쳐진 듯했다. 몸 풀기로 제공한 〈힙합 댄스〉로 인해 공들였던 메인 프로그램들이 한순간에 퇴색하는 느낌이 들 정도였다.

누군가가 의문을 제기했다. 어째서 그 좋은 프로그램들을 제치고 가장 돈 안 들고 즉흥적인 댄스가 저토록 학생들을 사로잡느냐고.

"몸이잖아, 몸!"

옆에 앉은 행사단장이 명쾌한 답을 내놓았다.

"그러니까 남편이 첫사랑을 평생 동안 가슴속에 품고 사는 것은 어쩔 수 없지만 하룻밤 몸 섞고 오는 것은 못 참는 법"이라고.

기막힌 대답에 폭소가 터졌다. 몸의 권력이고 배반이다.

봄

사랑 예감

현관문을 들어서는 아들의 양 어깨에는 커다란 가방이 걸려 있다. 휴가를 받아 집에 온다더니 개를 데리고 온 것이다. 한 마리도 아니고 두 마리다.

통합병원 군의관으로 가 있는 아들이 개를 분양받았다고 했을 때 나는 펄쩍 뛰었다.

"결혼도 안 한 놈이 개는 무슨 개를? 여자나 하나 분양받지."

그러나 아들은 포기하지 않았다. 장교 아파트를 배당받은 것이 계기가 되기도 했다. 같이 근무하는 친구와 한 마리씩을 분양받았는데 사정이 생겨 그의 개마저 떠맡게 되었다고 한다.

아들은 개가 정말 좋은가 보았다. 세상 모든 엄마가 말 못 하는 아이와도 자연스럽게 소통하듯이 그는 개가 무엇을 원하고 어떻게 해 줘야 하는지를 잘 알았다.

눈 뜨면 제일 먼저 개의 상태를 살피고 먹이를 주었다. 정해진 패드에 대소변을 한 경우에는 크게 칭찬을 한 후 상으로 육포 한 개를 던져 주는 것도 잊지 않았다. 모처럼의 휴가이니 늦잠도 자고 게으름을 부릴 법도 하건만 아침 일찍 공원으로 데리고 나가 마음껏 뛰놀도록 풀어 주기도 했다. 개들은 공원에서 한바탕 뜀박질을 한 후 주인과 함께 집으로 돌아왔다.

문제는 그다음부터였다. 기분이 좋아진 개들이 눈을 스르르 감고 휴식을 취할 무렵 아들은 샤워를 하고 외출 준비를 했다. 교수님도 뵈어야 하고 친구들과의 약속도 있는 것이었다. 이제 개들은 온전히 내 차지가 되었다. 나는 개를 좋아하지 않았다. 좋아하지 않으므로 개의 속성을 잘 알지 못했다. 개들도 나를 따르지 않았다. 우리는 서로 멀리했다.

나는 아들에게 외출 전 개들을 베란다에 가둬 두라고 말했다. 제집에서도 사람이 없는 동안에는 그렇게 하는 걸 보아왔기 때문이었다. 아들은 거절했다.

"사람이 집에 있는데 어떻게 베란다로 내쫓아요? 쟤들도 사람과 똑같이 분리불안 같은 거 있어요. 저 올 때까지 같이 좀 계세요."

아들이 외출한 후 나는 방문부터 닫았다. 개들이 방을 들락거리는 것이 성가셨다. 딱한 것은 나 역시 방에 들어갈 수 없게 된 점이었다. '분리불안'이라는 아들의 말이 발목을 잡았기 때문이었다. 어쩔 수 없이 나는 개들과 좁은 거실에 남겨졌다. 무엇을 해야 하나. 멸치 똥이나 까볼까.

부엌 식탁 위에 멸치를 펼쳐 놓자 냄새를 맡은 개들이 달려들기 시작했다. 나는 멸치 두 마리를 동과 서로 나누어 한 마리씩 던져 주었다. 그런데 이게 웬일인가. 한 마리씩 나눠 먹으라고 던져 준 멸치를 한 놈이 독식을 하는 것이었다. 아들네 개였다. 놈은 친구네 개를 발로 차고 몸으로 밀치면서 멸치를 재빠르게 낚아채고 말았다. 이런 나쁜 놈이 있나. 나는 놈을 크게 한 대 쥐어박고는 보란 듯이 친구네 개의 입에 멸치 한 마리를 직접 넣어 주었다.

다시 멸치 똥. 어디선가 신음 소리가 나기에 무슨 일인가 했더니 이번에는 친구네 개가 아들네 개의 꽁지를 물어뜯고 있는 게 아닌가. 복수전이었다. 얼마나 모질게 물었는지 꽁지는 살점이 벌겋게 부풀었고 피까지 맺혔다. 나는 기겁하여 매를 들어 두 놈을 떼어 놓은 후 멸치를 포기하고 거실로 나왔다. 까마득히 잊고 있었던 아픈 기억 하나가 상처를 헤집고 올라왔다.

일곱 살 무렵, 백일해로 고생하던 내가 외가에 보내진 것은 외할머니가 나를 위해 용하다는 무슨 열매로 술을 담가 놓았기 때문이었다. 나는 당시 기침이 심하여 주위 사람을 안타깝게 하고 있었다. 심할 때는 기침이 멎지 않아 까무라친 적도 있었다. 백일해라는 병명도 백일 동안 기침이 지속된다고 하여 생긴 이름이었다.

그런데 동갑짜리 이종 사촌이 나보다 먼저 외가에 와 있었던 것이 문제였다. 사촌은 생활이 어려워 입 하나를 덜 셈으로 외가에 와 있었는데, 나보다 덩치도 크고 힘도 셌다. 처음부터 나를 싫어하고 미워했다. 외가에서는 식구들뿐 아니라 머슴들까지도 병약한 나를 안쓰러워했다. 사촌은 그것이 아니꼬와 호시탐탐 트집을 잡고 시비를 걸었다. 얼마나 지독하게 괴롭혔던지 견디다 못한 내가 외할머니에게 집으로 보내 달라고 애원했을 정도였다.

그해 여름이었다. 무슨 일인지 집안에는 사촌과 둘이만 있게 되었다. 사촌은 구태여 나를 감나무 위에 올라가도록 했다. 울기도 하고 애원도 해봤지만 소용없었다. 사촌은 긴 장대로 나를 위협하면서 기어이 감나무 꼭대기까지 올라가게 했다. 나의 기침이 시작된 것은 꼭대기에 이르렀을 무렵이었다. 기침은 지독했고 멎지 않았다. 얼굴이 붉어지면서 숨이 가쁘고 구토까지 시작되자 나는 이러다가는 죽을지도 모르겠다는 공포에 사로잡혔다. 무서웠고 괴로웠다. 죽을힘을 다해 나뭇가지를 붙잡았지만 손에서는 어쩔 수 없이 힘이 빠져 나간 모양이었다. 나무에서 떨어지고 있는 나를 때마침 밭에서 돌아온 머슴이 받아 안는 바람에 간신히 목숨을 구했다.

그로부터 사촌은 내 눈앞에서 사라졌다. 중병이 들어 다른 곳에 가 있다고 했다. 나는 놀라 겁이 더럭 났지만 다시는 그 애가 외가로 돌아오지 않기를 간절히 빌었다. 가족들이 사색이 되어 읍내로 들락거렸다. 이모까지 눈물이 범벅이 되어 달려온 날 나도 어른들을 따라 나섰다.

어른들의 발걸음은 읍내 초등학교 앞에 머물렀다. 사촌은 법정 전염병인 장티푸스에 걸려 100여 명이나 되는 환자와 함께 초등학교 운동장에 격리되어 있었던 것이었다. 외할머니와 이모가 땅바닥에 주저앉아 통곡을 했다. 외할아버지는 의사를 붙잡고 애원했다. 제발 내 손녀 좀 살려 달라고. 내 재산 반을 뚝 떼어 줄 테니까 손녀만 살려 내라고….

성인이 되어 누군가가 내 가슴에 못질을 하거나 돌을 던질 때도 나는 되도록 모진 마음을 먹지 않기로 한 것은 그때의 참혹한 기억 때문일는지도 모른다. 약자를 짓밟고 괴롭히는 것은 분명 죄악일 것이었다. 그러나 그에 대응하여 마음속에 증오의 매듭을 짓는 것 또한 크나큰 죄악이었다. 사촌은 내가 배꼽마당에서 빌었던 것처럼 다시는 외가로 돌아오지 못했다. 일곱 살 어린 나이에 저세상으로 떠나고 만 것이었다.

따뜻하고 뭉클한 감이 느껴져 무릎을 보니 한 놈이 엉덩이를 바짝 붙인 채 졸고 있다. 다른 놈도 나의 발 언저리에 몸을 뻗고 잠들어 있다. 그렇게 한바탕 혼이 나고도 내 주변을 맴도는 것을 보면 놈들에게도 경쟁심리가 있는 모양이었다. 내가 외가에 갔을 때 사촌이 느꼈음 직한 위기의식이다.

나는 가만히 조는 놈의 털을 쓸어 보았다. 보드랍고 윤기 나는 털이었다. 사촌의 머리칼도 이렇게 풍성하고 보기가 좋았었다. 건강한 사촌의 눈에는 잔병을 달고 사는 내가 하찮고 초라했으리라. 무엇 하나 자기보다 나을 게 없는 아이를 어른들이 끼고 도는 것도 참기 힘들었을 것이다. 그렇다면 우리 중 누가 가해자가 되는 것일까?

놈이 감았던 눈을 살짝 뜨고 나를 치켜다 보았다. 멸치 좀 낚아챘다고 사정없이 쥐어박던 바로 그 사람인지 궁금해진 모양이었다. 나는 대답 대신 빙긋 웃었다. 개나 사람이나 화해는 이렇게 빠를수록 좋은 것을. 놈은 얼굴에 안도의 빛을 띠면서 편안한 잠 속으로 빠져 들었다. 나는 이제 새로운 사랑이 시작될 것 같은 예감이 들었다.

오브제의 기억

멀리서 책 한 권이 도착했다. 프랑스에 유학 가 있는 S가 보낸 책으로 『오브제의 기억』이라는 제목이다. S는 한국에서 미술사를 전공했는데, 유학 가서는 전공을 세분하여 오브제objet(매개가 되는 사물)를 통한 역사 연구에 흥미를 갖게 되었다. 현재로 부터 가장 빠른 시점을 기준하여 관련 오브제를 중심으로 거꾸로 역사를 추적해 가는 연구이다. 이를테면 루이 16세의 왕비였던 마리 앙투아네트가 쓰던 변기를 통하여 17세기 유럽의 상하수도 시설을 알아보는 한편 하이힐의 역사까지도 들추어내는 식이다.

루이 16세의 결혼식 때만 해도 궁 안에 화장실이 없었다. 파리 시내에 정화시설이 되어 있지 않았기 때문이다. 그러다 보니 예술품에 가까운 변기가 전문가들에 의해 경쟁적으로 제작된다. 유행하는 건축 양식이 변기에도 적용되는 것이다. 직위에 따라 변기의 모양이 달라지는 것도 당연한 이치다. 변기에도 계급이 있는 것이다. 실제로 첨부된 여러 사진 중에는 의자 모양으로 제작된 아름다운 변기 위에서 드레스를 차려입은 왕비가 볼일을 보고 있는 것도 있었다.

봄

책 한 권을 다 읽고 나니 어느덧 새벽이다. 기지개를 켜며 일어나다 문득 거실 한쪽으로 눈이 간다. 30대의 젊은 내가 등을 보인 채 무언가에 열중하고 있다. 크고 기다란 나무토막이 그 앞에 놓여 있다. 떡판이다. 잠옷을 입은 내가 괴목으로 된 떡판에다 레몬 오일을 칠하고 있는 중이다. 천천히, 조금씩, 공들여 그 일에 집중한다.

떡판은 크고 잘생겼다. 대갓집에서 특별히 잘 만들어서 몇 대를 거쳐 내려온 물건이다. 옛날 우리 선조들은 명절 혹은 잔칫날에 그 위에 떡을 놓고 쳤다. 오래전의, 어느 댁 큰애기의 것인지도 모를 떡 썬 자국들이 빗살처럼 정교하고 촘촘하게 나 있다. 수많은 이야기, 수많은 사연들을 비밀처럼 끌어안고 있는 보기 드문 물건이다. 이 집에 올 때 이미 200여 년의 세월을 넘겼다.

언제부터 와 있었는지 한 남자가 역시 잠옷 바람으로 나를 내려다보고 있다. 퇴근길에 레몬 오일을 사다 준 남편이다. 그는 그것을 자랑스럽게 내밀며 괴목에는 레몬 오일을 먹여야 한다고 했다. 나무토막에 레몬 오일이라니. 그것도 먹이다니. 세상 비밀 하나를 몰래 훔친 듯 둘은 마주 보며 짜릿하게 웃었다. 애들이 어렸으므로 잠든 후를 틈타 한밤중에 칠을 끝내야 했다.

"시작한 거야, 당신?"

"쉿! 애들 깰라…."

흥분으로 몸이 부르르 떨리는 시늉을 한다.

"그렇게 좋아?"

"응."

남편도 주저앉아 함께 칠하기 시작한다.

"나한테도 이렇게 공 좀 들이지. 아무려면 나무토막보다야 못할까…."

S라면 여기서 떡판이라는 오브제가 당시의 한국 중산층에게는 실용을 넘어선 문화상품이었음을 주목할 것이다. 그랬다. 언제부터인가 남편과 나는 오래된 물건에 흥미를 갖게 되었다. 우리가 무슨 대단한 가문의 자손이거나 투자 가치를 의식한 것은 아니었다. 그저 단순히 오래된 물건들에 대한 관심이라고나 할까. 하찮은 것이라도 손에 넣게 되면 무슨 대단한 보물인 양 애지중지 간직했다.

어느 날 우리는 우연한 기회에 명문 대갓집에서 사용하던 떡판 하나를 만나게 되었다. 괴목으로 된 통판이었는데 어찌나 잘생기고 늠름했던지 첫눈에 그만 홀딱 반해버리고 말았다. 말이 떡판이지 보존 상태가 나빠서 나무토막만 겨우 남겨진 상태였다. 그 무거운 걸 우리는 애써 뒤집어 가며 밤 늦도록 씻고 닦아냈다. 각오는 하고 있었지만 두 사람 다 속옷까지 흠뻑 적신 상태였다.

우리는 그 잘생긴 떡판을 석 달 동안 그늘에서 공들여 말렸다. 그런 다음 발을 달고 서랍을 붙여 탁자로 만들었다. 응접실에 놓고 보니 좁은 공간이 그 (떡판)에게 너무 민망했다. 물건도 역시 사람과 마찬가지로 숨 쉬고 활동할 만한 공간이 필요했던 것이다. 궁리 끝에 우리는 응접실과 부엌 사이의 문을 제거하기로 합의를 보았다. 머리도 좋지, 그것은 정말 근사한 생각이었다!

문을 없애는 작업을 하다가 부엌에 놓인 식탁마저도 아예 치워버리고 말았다. 떡판을 들이자니 식탁이 꼭 의붓자식같이 느껴졌던 것이다. 그제야 떡판은 응접실과 부엌을 포옹하며 늠름하게 탁자 구실을 해 내게 되었다. 우리는 아침저녁 호마이카 밥상을 접었다 폈다 하면서도 떡판으로 된 탁자 위에서는 오랫동안 차를 마시고 담소를 즐겼다.

이쯤에서 S라면 질문을 던질 수 있다. 그런데 왜 지금은 그 떡판이 거실 한쪽, 시선이 닿지 않는 곳으로 밀쳐져 있나요? 그렇다. 이제 나는 더 이상 그와 더불어 차를 마시고 담소를 즐길 수 없게 되었다. 그가 내 곁을 홀연히 떠났기 때문이다. 그가 죽고 나서 나는 마음으로부터 떡판과도 헤어졌다. 유행가 가사처럼 우린 너무 쉽게 헤어졌는지도 모르겠다. 그러나 나는 더 이상 공들여 레몬 오일을 먹이지도 않을뿐더러 계절 따라 찻잔을 바꿔 놓지도 않는다.

S가 다시 질문한다. 당신에게 떡판은 어떤 의미인가요. 내가 대답한다. 취미인 동시에 역사이다. 떡판에는 그와 함께한 젊은 날이 고스란히 녹아있다. 우리 집에 들이기 전 200여 년의 시간까지 떡판은 말없이 그 안에 품고 있다. 사물이란 항시 인간과 더불어 호흡함으로써 생명력을 얻어가는 꿈틀거리는 생물이다. 빈집에 살아 숨 쉬는 것이 있을 수 없음과 같은 이치이다.

대답하다 말고 손을 들어 떡판을 한번 쓸어 본다. 지지직, 전율을 실은 통증이 심장을 훑고 지나간다. 음악이 흐르고, 레몬향이 풍겨오고, 찻잔에서 김이 오르기 시작한다. 아픔일까, 슬픔일까. 세포 곳곳에 숨어있던 흘러간 시간들이 모래알처럼 부스스 일어난다. 시공을 넘어 그가 문득 내 앞에 선다. 편안하고 낯익은 현장으로 나를 이끈다. 우리는 말없이 흙 묻은 나무토막을 함께 끌어안고 씻어내기 시작한다. 옷이 다 젖는 줄도 모른 채 밤늦도록 그것을 뒤집어 가며 닦아내고 있다.

봄

유채꽃 단상

산책 중에 유채밭을 보았다. 공원 옆, 마을 입구이다. 작년까지만 해도 서자처럼 버려진 땅에 배추, 무, 고추 같은 것이 심겨 있었다. 정성스럽게 가꾸는 것 같지는 않았다. 밭 주인은 거의 눈에 띄지 않았고, 작물은 제멋대로 자라거나 말라 비틀어지거나 혹은 죽었다. 밭둑을 걷다 보면 콩이 깍지에서 흘러나와 굴러다니는 것이 보였다.

몇 년 전에는 밭 근처에 미술관이 들어선다고 떠들썩했던 적도 있었다. 집값, 땅값이 잠시 요동쳤으나 입찰 과정에서 부산에 밀려나는 바람에 입맛만 다신 꼴이 되고 말았다. 이도 저도 안 되니 어느 머리 좋은 공무원이 유채밭 아이디어를 떠올렸나 보았다. 들판을 노랗게 물들이는 유채꽃은 전시효과가 탁월했다. 말도 많고 탈도 많던 원주민의 삶을 한 방에 밀어내고 상춘객들을 유혹하고 있었다.

유채밭은 넓고 크다. 사람들은 왜 진즉에 이렇게 하지 않았느냐고 하며 반기는 눈치다. 그러나 나는 그 유채밭이 반갑지만은 않다. 내 땅도 아닌 남의 밭을 두고 왈가왈부할 수는 없는 노릇이나 대한민국은 민주 국가이니 낮은 목소리로 조용히 투덜거려 볼 수는 있을 것이다. 들어보시라.

　유채는 본래 화초가 아니다. 채소이다. 자료에 의하면 중국 명나라 시대 식용으로 조선에 들여온 것이라 한다. 경상도 지방에서는 유채를 '시나나빠'라고 부른다. 이를 두고 시나나빠를 경상도 사투리라고 하는 사람들이 있는데 나는 일본말이라고 주장하는 쪽에 손을 든다. 논리적 근거로 '시나'는 중국을 일컫는 일본어이고, '낫-빠'는 잎을 먹는 채소를 뜻하기 때문이다. 아마도 시나나빠는 '중국에서 온 잎을 먹는 채소'라는 뜻이 아닌가 한다.

　실제로 시나나빠는 이른 봄 꽃이 피기 전에 뜯어서 겉절이를 많이 해 먹는다. 고깃집에서는 서비스 반찬으로 나오는 단골 메뉴이다. 잎은 달큰하고 줄기는 고소하다. 고춧가루와 깨소금, 마늘 양념에다 참기름 한 방울 떨어뜨려서 버무리는데, 묵은 김치가 질릴 때쯤이라 입안이 개운하다. 여인네들이 가족 모임이라도 주선한다면 시누이, 올케끼리 양푼에다 밥 쏟아붓고 쓱쓱 비벼 먹기도 한다.

　그런데 이 시나나빠가 언젠가부터 유채꽃으로 변신을 했다. 남새밭을 버리고 들로 뛰쳐나간 것이다. 지자체마다 밭을 갈아엎어 유채를 심는 바람에 봄이 오기 무섭게 곳곳에서 유채꽃이 설쳐댄다. 사람이 몰리고, 돈이 되기 때문이다. 콩밭 매던 순이가 호미를 던지고 도회지로 나간 격이다. 여인네들도 양푼을 버리고 유채밭으로 달려간다. 커피도 있고, 솜사탕도 있고, 사진도 찍을 수 있다.

　나의 염려는 이렇게 되면 먹거리에 대한 경외감은 어디서 찾나 하는 점이다. 먹거리는 생명과 이어져 있다. 우리나라같이 작은 나라에서 비행기로 농약을 뿌리는 큰 나라와 대적하여 소규모의 농사라도 붙잡고 있으려 안간힘을 쓰는 이유는 그것이 국민의 기초 생활과 관련이 있기 때문일 것이다. 나는 만약 우리 아이들이 마당 한쪽에 벼나 보리를 화초처럼 키운다면 혼을 낼 것 같다. 그것들은 완상용이 아니라 우리의 기본적인 먹거리이다. 먹거리는 먹거리로서의 예우가 필요한 것이다.

나는 시나나빠가 유채꽃이 된 것이 못내 서운하다. 채소가 바람이 나서 화초가 된 것 같은 배신감이 드는 것이다. 저 아니라도 봄에는 온 세상이 꽃 천지인데 구태여 저까지 보탤 필요가 어디 있는가 말이다. 채소는 채소의 본분이 있는 법이다. 잎과 줄기를 기름지게 키워 기꺼이 식용으로 효용되는 일이다.

게다가 시나나빠가 화초가 되려면 잎과 줄기를 아껴두어야 한다. 꽃을 피워야 하기 때문이다. 이는 마치 아기 엄마가 몸매 유지를 위해 아기에게 젖을 안 먹이는 것과 무엇이 다른가. 내가 유채꽃을 화류계로 치부하는 이유이다.

유채꽃을 보면 생각나는 소녀가 있다. 새댁 시절 아래채에 세 들어 살던 정매네 집 이야기다. 정매네는 서문시장에서 포목점을 했는데, 친척뻘 되는 화야라는 소녀를 아기보기로 데리고 있었다. 화야는 일찍 부모를 잃어 고아와 다름없었다. 정매네는 화야를 가엽게 여겨 때가 되면 시집보내 주겠노라고 월급 외에 별도 통장까지 만들어 주고 있었다. 화야 역시 정매네를 부모처럼 따르고 신뢰하였다. 세 살 난 정매도 업어 키우고, 잔심부름도 게을리하지 않았다.

사건은 화야한테 남자가 생기면서부터 일어났다. 정매가 잠든 사이에 시장 다녀오겠다고 나간 화야는 아이가 깨서 내가 한참을 데리고 있는 동안에도 돌아오지 않았다. 어쩌다 한 번인가 싶던 그 일은 차츰 회수가 잦아지더니 엉뚱한 데서 터져버렸다. 동네 약국 여자의 입에서 화야가 자주 수면제를 사 간 것이 밝혀진 것이었다. 화야는 간 크게도 남자를 만나러 갈 때마다 아이에게 수면제를 먹여왔음이 드러났다. 겨우 세 살 난 아이에게 말이다. 정매네가 연탄집게를 들고 소리소리 지르며 난리를 치는 바람에 화야는 통장도 못 건지고 쫓겨나고 말았다.

오랜 세월이 흐른 후 나는 예기치 못한 장소에서 화야를 보았다. 생선가게 옆, 선술집에서였다. 한여름이라 문을 반쯤 열어놓은 채 남자들에게 술을 따르고 있었다. 나는 한눈에 그녀를 알아보았지만 그녀는 나를 모르는 것 같았다. 대낮인데도 취해 있었기 때문이다.

공원 옆 유채밭에서는 지금 한창 젊은이들이 사진을 찍고 있다. 봄치마를 입은 소녀들은 꽃잎처럼 나폴거리고, 무스를 바른 소년들은 연신 벙글거린다. 좋을 때다. 누구에게나 지구가 자신을 중심으로 도는 줄 아는 시기가 있으나까. 나는 다만 저들이 시나나빠도 기억해 주었으면 좋겠다. 시나나빠의 쓰임을 잊지 말았으면 좋겠다. 시나나빠는 먹거리로도 훌륭하고, 씨를 통해 기름을 짜기도 한다. 저들을 위한 향수를 만들 수도 있다.

화야도 시나나빠였을 때는 쓰임이 좋았다. 청소도 잘하고, 애도 잘 보고, 반짝반짝 냄비도 잘 닦아 놓았었다. 사고만 없었으면 지금쯤 성실한 신랑 만나서 참한 살림꾼이 되어 있으리라. 어쩌다가 그녀는 선술집까지 흘러들게 되었을까. 아이에게 수면제까지 먹여가며 달려갔던 그 남자와는 그 후 어떻게 되었을까.

　유채꽃을 보며 이런저런 생각에 잠긴 사이 짧은 봄은 꼬리를 흔들며 멀어져가고 있다.

죽을 죄

단체로 1박 2일 여수 여행을 하게 되었다. 운 좋게도 숙소 4동을 마음 놓고 쓸 수가 있어 선생인 내가 나름 합리적으로 인원을 배정했다. 문제는 그 배정이 무용지물이 된 데 있었다. 밤바다를 가로 질러 야간 케이블카를 탄 후 숙소로 돌아와 술판이 벌어진 것이 발단이었다. 술잔이 돌고 열띤 토론이 이어지다 보니 한 잔 더 하자는 그룹이 생겨 졸지에 방 배정이 실타래처럼 얽히고 말았다. 처음에는 남녀로, 다음에는 주류酒類와 비주류로, 마지막에는 60세 이상과 이하로 나뉘어지다가, 그 마저도 마침내 뒤죽박죽이 되어 버렸다.

이튿날 아침 버스 안. 벚꽃이 만발한 쌍계사로 가는 도중 A가 포문을 열었다. 어젯밤 한 잠도 못 잤다는 얘기였다. 화장실에 들어간 사람이 나오지를 않는데다가 이른 새벽 알람으로 노래 소리를 틀어놓은 바람에 밤을 꼬박 새웠다는 것이었다. 알람주인이 일어나 사과를 했다. '죽을 죄를 지었습니다.'

그만 일로 죽을 죄라니! 폭소가 끝나기도 전에 B가 번쩍 손을 들었다. 남자회원이었다. 자기야말로 한잠도 못 잤다고 고백했다. 자기

봄

방을 무단 침입한 여자회원들 때문에 잠을 놓치고 말았다는 것이었다. '우리가 어쨌기에? 이불 꺼내 온 것밖에 없는데?' 남자가 황급히 대답했다. '순결을 지키려다 보니 ~' '뭐라구욧!' 순결남이 일어나 손까지 모우며 사죄를 했다. '미안합니다. 죽을 죄를 지었습니다.'

들고 보니 자기야말로 방 배정을 헝클어 놓은 주범인 것 같다며 C가 몸을 벌떡 일으켰다. 양귀비를 닮은 여자 회원이 술자리에서 어찌나 웃기는지 배꼽이 빠져 그 배꼽 찾아 여수 밤바다를 헤매느라 밤을 꼬박 밝혔다는 것이었다. 양귀비가 황급히 일어나 사태를 수습했다. '죄송합니다. 죄송합니다. 죽을 죄를 지었습니다.' 눈물까지 찔끔거리는 바람에 C가 물티슈 2장을 뽑아 양귀비에게 건네자, 옆에 앉은 A, '저는 왜 안 주세요?' 당황한 C, 얼른 한 장을 뽑아주니 다시 A, '저는 왜 한 장만 주세요?' '아 예 ~' 한 장을 더 뽑아주다가 머리를 깊이 조아리며 '용서하십시오. 죽을 죄를 지었습니다.'

"모두 주목! 이쪽을 주목해 주세요."

회장이 일어나 손을 들어 시선을 모았다.

"죄인들 앞에서 자랑을 좀 하겠습니다. 저는 어젯밤 우리 숙소의 모든 여인을 만족시키고 편안한 밤을 보냈습니다. 우리는 아주 잘 잤습니다."

회원들은 일제히 서로의 얼굴을 쳐다보았다. 어젯밤 저 집에서는 무슨 일이 있었기에? 일일 것도 없었다. 그는 술을 한 방울도 못 하는 사람으로 일찌감치 잠자리에 들었던 것이었다. 새벽을 틈타 산책을 위해 방을 빠져나가니 그가 어느 숙소에 묵었는지도 아는 사람이 없었다.

그는 혼자서 이른 새벽 벚꽃이 만발한 해변을 산책했던 모양이었다. 일출이 얼마나 대단했던 지를 말하다 보니 버스 안의 죄인들은 일제히 잠에 떨어지고 있었다. 창 밖에는 섬진강이 꿈꾸듯 햇빛을 안고 반짝이는데, 벚꽃이 난분분 봄바람에 날리며 소곤대는 것 같았다.

"쯧쯧, 회장이라는 사람이, 자기야말로 죽을 죄를 지은 줄도 모르고."

통속적인, 인간적인

친정어머니가 돌아가신 것은 늦가을이었다. 연세도 연세지만 오랜 병고 끝이라 장례는 비교적 담담하게 치러졌다. 자식들은 별로 슬퍼하지 않았고, 손님들도 조문을 하는 사이 간간이 웃음소리까지 들렸다. 아버지만이 비에 젖은 비둘기처럼 넋을 놓고 깊은 밤까지 영안실을 지켰다. 81세였다.

유난히 금슬이 좋은 동갑내기 부부였다. 어느 한쪽에서도 큰 소리 내는 일이 별로 없었다. 일요일 아침이면 손잡고 함께 성당에 나갔다. 간간이 다투는 경우는 있었다. 주로 어머니가 시작하는 것으로 주제는 거의 동일했다. 아버지의 '신부님에 대한 존경심 부족'이었다.

미사가 끝나면 가까이 사는 우리 집에 와서 아침을 드시는데, 성당에서 신부가 한 강론 내용이 문제였다. 어머니는 신부에 대해 무조건적인 신뢰를 품고 있었으므로 부분적이나마 강론에 비판적인 아버지를 못마땅해했다. 아이처럼 발끈하여 '그럴 거면 성당에는 뭐 하러 다니냐'고 밥숟가락을 탁 놓으면, 아버지는 '당신 미사 가방 들어주려고 다니고 있잖소.' 하며 숟가락을 도로 손에 쥐여주었다.

어머니가 돌아가실 무렵에는 화를 내는 경우가 좀 더 잦았다. 병이 깊어 신경이 예민해졌기 때문이다. 아버지는 각별히 조심하는 성의를 보였다. 창문을 열 때도 어머니에게 물어보았다. '여보, 창문 열까' 옷을 입을 때도 물어보았다. '여보, 나 이 옷 입을까.'

혼자 남겨진 아버지를 보다 못해 서예원 총무를 만나자고 한 것은 내 쪽이었다. 아버지는 서예원의 원장이었던 것이다. 회원이 거의 60명에 가까웠다. 나는 총무에게 아버지의 '말동무'를 찾아주기를 부탁했으나 뜻밖에도 '여자친구'가 생기고 말았다. 신청이 들어왔던 것이다. 67세의 미망인이며, 원장님을 사모해 왔다고 했다. 아버지의 거부는 설득력이 없었다. 너무 젊고, 덩치가 크며, 붓글씨가 신통찮다는 것이 무슨 결함이겠는가. 자식들로서는 대환영이었다.

여자친구가 된 윤 여사는 아버지에게 헌신적이었다. 어머니 때와는 정반대의 현상이 우리들을 놀라게 했다.

일요미사를 마치고 우리 집에 아침을 드시러 오는 윤 여사의 손에는 아버지의 가방이 들려 있었다. 엘리베이터 문이 열리면 아버지부터 먼저 타시게 하고 문이 닫히면 옷깃을 여며 주었다. 어쩌다 아버지가 신부神父의 강론이 못마땅하여 불평하면 윤 여사는 전적으로 공감을 표시하며 밥숟가락 위에 생선을 올려놓았다. 창문을 열기 전에는 얇은 카디건을 걸쳐주었다. 외출 시에는 나이 차이가 너무 드러나지 않도록 옷차림을 배려했다.

어머니의 제사 또한 정성껏 모셨다. 일주일 전부터 아버지의 의사를 물어 메뉴를 짜고, 건어는 서문시장에서, 육류와 생선은 염매시장에서, 떡, 과자는 수성시장에서 제일 좋은 것으로 구입했다. 이 모두를 아버지와 함께했다.

제사를 지낸 다음 날에는 온 식구가 어머니의 산소에 갔다. 절을 하는 동안에는 그림자처럼 자신을 감추었고, 산소 앞이라 아버지에 대한 지나친 배려는 자제하는 염치를 보였다. 술은 어머니가 좋아하시는 적포도주를 올렸다. 아버지에게서 들은 모양이었다.

윤 여사가 말기 암인 것을 알게 되었을 때 우리는 모두 공황 상태에 빠졌다. 담석이 말썽을 부려 한밤중에 응급실로 실려 갔는데, 검사 도중 놀랍게도 악성종양이 발견된 것이었다. 이미 여러 부위로 전이된 상태였다.

윤 여사는 끝까지 아버지의 곁을 고집했으나 전화 받고 황급히 서울에서 내려온 아들이 말을 듣지 않았다. 윤 여사의 입지도 개운치 않았을 것이고 지방도시의 의료진도 미덥지 못했을 것이다. 구급차에 실려 서울대학 병원으로 떠나는 날 그녀는 아이처럼 아버지의 목을 안고 펑펑 울었다. 함께 지낸 지 3년 만이었다.

화학치료로 윤 여사가 사경을 헤매는 과정이 두 사람을 더욱 결속시켰다. 아버지는 같이 사는 동안 충분히 잘해 주지 못한 자신의 이기심을 자책하는 것 같았다. 며느리와의 관계가 편치 않았던 윤 여사 역시 아버지에게 집착했다.

치료 중에는 아버지가 노구를 끌고 서울로 올라가 병상을 지켰고, 진료 스케줄이 없는 날에는 데리고 내려오는 일이 반복되었다. 윤 여사는 나만 보면 아버지의 곁이 가장 편안하다고 강조했다.

윤 여사가 죽자 묘소 문제가 수면 위로 떠올랐다. 입원 초부터 윤 여사의 아들이 시신을 서울로 모시겠다고 한 바 있었다. 우리는 당연히 그렇게 알고 있었는데, 아버지가 난데없이 어머니의 바로 옆자리를 주장하는 것이었다. 윤 여사의 마지막 소원이라는 이유였다. 우리 앞에 윤 여사의 친필 유서가 공개되었다. 저세상에서도 나의 어머니인 형님을 잘 모시겠다는 내용이었다.

우리는 아버지에게 강력하게 항의했다. 죽어서까지 어머니를 서운하게 할 거냐고 언성을 높여 대들었다. 졸지에 윤 여사는 첩으로 강등되었고, 두 사람의 사랑은 통속적인 불륜이 되어 버렸다. 딸들은 상실감으로 울음을 터뜨렸다. 아들들은 울분을 못 참고 난동을 피웠다. 난리도 그런 난리가 없었다. 아버지는 순식간에 파렴치한 늙은이가 되어버렸다. 우리 역시 천하에 불효막심한 자식으로 전락하고 말았다.

아들이 성인이 되려면 아버지를 남자로 이해할 수 있어야 하고, 딸은 어머니를 여자로 인정할 수 있어야 한다더니 우리를 두고 하는 말인 것 같았다. 우리에게 있어 아버지는 언제나 절대적인 존재여서, 그 이상으로도, 이하로도 생각하기 어려운 일이었다. 결국 자식은 부모에게 배신자이며, 이기주의자가 되는 모양이었다.

문중 어른들까지 개입하여 논의한 결과 윤 여사는 '아버지 가까이'에 눕게 되었다. 공동묘지인 데다 윤 여사와의 사이에 몇 구의 낯선 무덤이 있어 외형상으로는 남이요, 내용상으로는 가족으로 처리된 셈이었다.

소동 끝이라 삼우제에는 모든 사람이 말을 아꼈다. 윤 여사만이 아직도 할 말이 남아있는지 사진 속의 큰 눈이 쉼 없이 유서를 읽어주고 있는 것 같았다. 간간이 비가 내렸고, 삼우제는 조촐하게 끝났다.

며칠 후 밤늦게까지 형제들이 모여 술잔을 기울이다가 누가 먼저 랄 것도 없이 윤 여사의 묘소로 향하게 되었다. 달이 휘영청 밝아 괴괴한 느낌을 주는 산속에 젖무덤같이 여기저기 봉분이 솟아 있었다. 무덤 앞에 이르자 비로소 우리 중 아무도 꽃 준비를 못 했다는 생각이 미쳤다. 밤인 데다, 조금씩 취하여 꽃 가게가 눈에 띄지 않았던 것이다.

그러나 묘소에는 이미 하얀 장미가 놓여 있었다. 제법 깨끗한 것이 누군가가 최근에 들른 모양이었다. 우리는 누구인지 금방 알아차렸다. 하지만 아무도 입 밖에 내지 않았다. 아버지의 초라한 어깨를 떠올리며 묵묵히 절을 올렸다.

작심삼일

연초年初에 세운 다이어트 계획에 전운이 감돈다. 작심삼일作心三日이 되려나?

새해를 맞아 잠시 귀국한 딸아이가 실내용 자전거를 사 주고 갔다. 한 해 동안 체중을 1kg만 줄여보라는 권고였다. 나는 반색했다. 뉴스 볼 동안만 자전거를 탄다 해도 1kg 감량은 문제없을 것 같았다. 자전거는 거실 TV 맞은편에 놓였다.

휴가 온 아들이 자전거를 주목했다.

"좋은데요, 누나가 큰돈 썼네."

아들은 자전거가 마음에 드는 모양이었다. 제 키와 다리에 맞춰 이것저것 조작하더니 며칠 동안 TV를 보며 신나게 탔다.

아들이 돌아가자 자전거에 올라 보았다. 무얼 어떻게 조작했는지 발이 페달에 닿지가 않았다. 바퀴도 저 혼자 쏜살같이 돌아갔다. 무심한 아들이 저 좋은 대로 기능을 맞춰놓고는 원상 복귀를 안 해둔 탓이었다. 기계치인 나는 이것저것 눌러보다가 내려오고 말았다.

우여곡절 끝에 자전거가 회복되어 운동을 시작했다. 스마트폰으로 딸에게 자전거 타는 모습을 찍어 보내며 몸이 한결 가벼워졌다고 자랑도 했다. 딸도 기분이 좋아져서 이번 다이어트에 성공만 하면 몸에 꼭 맞는 재킷 하나 선물하겠다고 호기를 부렸다.

며칠 안 가 엉덩이 쪽에 작은 뾰두라지가 생겼다. 뾰두라지는 세력을 키우더니 곪을 조짐을 보였다. 물오르기 시작한 자전거 타기에 브레이크가 걸렸다. 땀 닦으려던 수건만 싱겁게 자전거 손잡이에 걸렸다.

뾰두라지가 나을 무렵 이번에는 계단에서 넘어져 팔을 부러뜨리고 말았다. 팔꿈치 골절이었다. 의사는 겨드랑이까지 깁스를 하더니 어깨걸로 팔을 고정시켜 놓았다. 그 상태로 자전거를 타는 것은 위험했다. 세수할 때나 잠잘 때 푸는 깁스 걸이만 조신하게 자전거 손잡이에 걸렸다.

딸이 영상통화를 걸어왔다. 말도 많고 탈도 많은 전후 사정을 듣다가, "잠깐만요!" 딸은 침을 꼴깍 삼켰다.

"자전거에 걸린 것들은 뭐예요?"

아뿔싸! 나는 죄인처럼 후드득 놀라 카메라에 비친 자전거를 몸으로 가렸다. 손바닥으로 하늘을 가린 형국이었다. 딸이 사 준 자전거에는 운동은 없고 수건에, 깁스 걸이에, 입다 만 스웨터까지 주렁주렁 걸려 있었다. 작심삼일 조짐을 보이는 다이어트의 전리품들이 '오등吾等은 옷걸이임을 선언하노라'고 팔 벌려 외치고 있는 것 같았다.

웃은 죄

'잘 웃는 편'이라고 하면 나무랄 일은 아니겠으나 모든 악은 적절치 못함에서 비롯된다. 웃는 것도 때와 장소를 가려야 함에 아무리 우스워도 참아야 할 경우가 있는 것이다. 웃음에 대한 인내다. 웃음에 대한 예의다.

새댁 시절, 남편은 나의 잦은 웃음을 죄목으로 삼곤 했다. 배시시 품위 있게 미소 띠는 새색시를 꿈꾸던 남자에게 까르르 소리 내어 웃는 천방지축이었으니!

시할머니의 입가에 붙은 밥풀을 보고도 호호 웃고, 짝짝이 양말을 신고 간 남편을 보고도 키득키득 웃었다. 국솥에 빠질락 말락 하는 파리를 보고도 자지러지게 웃고, 뒤집어진 채 급히 벗은 신발을 보고도 하이고! 웃었다.

한번은 비싼 표고버섯을 소쿠리에 담아 옥상에 두어 말리다가 비 오고 바람 부는 통에 몽땅 날려버리고 만 적이 있었다. 크게 노한 시어머니가 며느리 대신 심부름하는 아이를 나무라는데, 빈 소쿠리를 쳐다보던 내가 웃음을 터뜨리고 말았다. 버섯이라고는 한 조각도 남

봄

지 않은 멍청한 소쿠리라니! 남편이 거칠게 방 안으로 나를 밀쳐 넣었음은 물론이다.

중죄인이 되어 혼나고 있는 나를 보더니 시어머니가 기가 찬 듯,

"마룻바닥에 배를 대고 있어 보면 참아지려나."

이번에는 남편이 큰 소리로 웃으며,

"어떻게요? 이렇게요?"

마룻바닥에 배를 대니 시어머니 기겁하며,

"아서라! 설사할라. 네가 무슨 죄가 있어서…."

나는 또 나의 입장을 헤아리지 못하고,

"웃은 죄요, 웃은 죄!"

여름

삼겹살과 프로이트

늦은 나이에, 전공도 아닌 〈프로이트 독회〉를 기웃거린다는 것은 만용일 수도 있겠다. 하지만 기회가 좋았다. 나처럼 우연찮게 프로이트에 발을 들인 용감한 의사 한 분이 기꺼이 길을 터 주었던 것이다.

회장을 맡은 정신분석학 교수는 17권의 프로이트 텍스트를 1년 반에 걸쳐 읽을 계획이라고 밝혔다. 그는 회원들에게 라캉이 프로이트의 텍스트를 제대로 읽지 않은 프로이디언들을 통탄하며 〈프로이트로 돌아가자〉라는 기치를 내건 일을 상기시켰다. 그것은 곧 우리의 공부가 〈프로이트의 텍스트로 돌아가자〉라는 뜻이었던 것이다.

그는 또한 독회 기간 동안 독서를 위한 독서는 지양해 달라고 주문했다. 텍스트와 독자를 잇는 독서공간에서 존재의 전환이 일어나는 감동의 접점을 찾아달라고도 말했다. 영혼의 떨림을 경험해 달라는 뜻으로 들렸다. 〈아하〉의 체험이다. 글을 통한 영혼의 떨림, 얼마나 벅찬 감동일까.

뒤풀이에서는 소주와 삼겹살이 나왔다. 불판 위에 고기와 김치를 올리다 보니 궁금증이 생겼다. 이미 세상을 떠난 프로이트의 눈에는 지구 반대편의 한 작은 나라에서 늦은 밤 삼겹살을 구우며 자신의 텍스트를 탐하고 있는 사람들이 어떻게 비쳐질까. 그의 무엇이 20세기 전 유럽을 흥분시켰던 것일까.

학부 때부터 프로이트에 심취했다는 한 회원이 고백했다. '쾌락은 죽음에 종사한다!' 또 다른 회원이 받았다. '증상은 기억의 상징이다!'

아까부터 삼겹살만 굽고 있던 나는 생뚱맞게도 유행가 한 소절을 떠올렸다. 송창식이 부른 〈사랑이야〉에 나오는 가사이다. '단 한 번 눈길에 부서지는 내 영혼~.'

그리고 보면 인간의 영혼은 유리알처럼 예민하여 눈길 한 번, 글 한 줄에도 떨림을 경험하고 마침내 부서지기도 하는가 보았다. 〈아하〉의 갈망이다.

밤이 깊었다. 누군가가 소주잔을 들어 건배를 외쳤다.

"프로이트를 위하여!"

깜짝 놀란 삼겹살이 서둘러 익기 시작했다.

눈맞춤

마르티니의 '사랑의 기쁨plaisir d'amour' 영어 버전에는 이런 가사가 있다. 'Your eyes kissed mine그대가 나와 눈맞춤 하고.'

나는 이 눈맞춤에 아픈 기억이 있다. 초등학교 3학년쯤이었을까. 등교하자마자 민수가 씩씩거리며 나를 철봉 앞으로 나오라고 말했다. 나는 잘못도 없이 가슴이 쿵쾅쿵쾅 뛰었다. 왜 그래, 무슨 일인데? 나오라면 나와. 쬐그만 게 말이 많아!

나는 겁에 질려 머뭇머뭇 철봉 앞으로 나갔다. 사이좋게 지내던 짝꿍이었는데 무슨 일로 화가 났는지 알 수 없었다. 곧이어 민수가 큰 걸음으로 내게 다가왔다.

"너 우리 엄마 기생이라고 했다며?"

"기생? 너희 엄마 기생이야?"

민수는 더 이상 설명하지 않았다. 주먹으로 나의 얼굴을 힘껏 갈겼다. 나는 코피를 흘리며 쓰러졌고, 아이들이 우리를 에워싸는 것이 보였다.

며칠 후, 담임 선생님은 민수의 서울 전학을 알렸다. 철봉 사건 이후 내내 결석하다가 반 친구들에게 작별 인사를 하러 온 것이었다. 나는 철봉 옆에서 민수가 나올 때까지 기다렸다. 당시 나는 기생이라는 걸 영화배우 비슷한 개념으로 이해하던 터라 민수가 화난 이유를 더욱 이해할 수 없었다. 너희 엄마는 정말 예쁘다고, 기생인 줄은 몰랐다고, 위로인지 해명인지 말해주고 싶었다. 그러나 민수는 애써 내 눈을 피했다. 차갑게 등을 돌려 나를 지나쳐 가고 말았다.

어른이 되어 나는 한 외국인으로부터 눈맞춤에 관한 질문을 받았다.

"한국인은 왜 말을 할 때 상대방의 눈을 똑바로 안 보지요?"

"존경심을 나타내기 위해 시선을 아래로 보내는 거예요."

"그럼 건배를 할 때는 왜 상대편의 눈을 안 보고 술잔을 보나요?"

"나를 낮추기 위해 술잔의 높이를 조절하다 보니 잔을 보게 되지 않나 싶네요."

"오호! 이렇게, 이렇게 말이지요?"

술잔을 짓궂게 맞대며 높이를 낮추는 것을 보다가 오래전 애써 내 눈을 피하던 민수가 생각났다.

"너한테 제일 창피했어."

어렵게 뱉은 민수의 마지막 말이 가슴에 남아 있었다.

엄마가 기생이었든 아니었든 아이들한테 무슨 상관이 있었으랴. 그러나 민수에게는 그것이 씻을 수 없는 수치요, 상처였던 모양이었다. 나 또한 아픔이었음을 그 아이는 알까.

소리

외출에서 돌아와 현관 앞에서 잠시 발을 멈추었다. 안에서 바이올린 소리가 들려왔던 것이다. 방학을 틈타 잠시 귀국한 딸아이의 연습하는 모습이 장식 유리를 통해 비친다. 흐름을 끊지 않으려고 선 채로 귀를 기울인다.

처음 바이올린을 접한 나이가 일곱 살이었던가, 여덟 살이었던가. 1년쯤 지난 후에 진도가 어찌 되어 가느냐고 물은 적이 있었다. '소리'가 나기 시작했다는 대답이 돌아왔다. 소리가 난다고? 벌써 소리가? 나는 아이의 천진한 대답에 잠깐 웃었다. 수영을 시작한 사람이 물에 뜨기 시작했다고 자랑하는 말처럼 들렸던 것이다. 물 위에 뜬다고 그것을 수영이라 할 수 있을까.

아이는 성실하게 자신의 소리를 만들어 갔다. 바이올린 선생의 주문은 '둥글고 속이 꽉 찬 소리'였다. 아이는 의문하지 않고 온 몸으로 이를 받아들였다. 레슨 다녀올 때마다 아이의 소리는 눈에 띄게 달라졌다. 허술한 소리를 자책하거나 자기의 소리에 매몰되는 법이 없었다. 굽은 소리는 펴고 모난 소리는 깎고 빈 소리는 채워갔다. 화선지같이 빈 마음에 선생의 가르침이 먹물처럼 스며든 결과이리라.

여름

소리가 모양을 잡아가자 선생은 '띄워 보내는 소리'를 주문했다. 안으로 안으로 깊게 품은 소리를 잘 익혀 밖으로 보내는 훈련이었다. 청중과의 소통이었다. 아이는 이번에도 갈등하지 않았다. 주저하지도 서두르지도 않고 아이다운 무구無垢함으로 소리를 품고 내보내는 일에 몰두했다.

어느 날, 아이는 특이한 소리를 선보였다. 피아노 앞에 앉아 연습곡을 치고 있는 남동생에게 슬그머니 다가가더니 바이올린을 들어 화음을 넣기 시작하는 것이었다. 동생이 치는 곡은 지극히 단순했다. 이제 겨우 양손 연습에 들어간 참이어서 음악이라고 할 수조차도 없는 수준이었다. 그나마도 손 모양이 바르지 않아서 엄마인 나에게 꾸중을 듣고 있던 참이었다.

누나의 화음은 감동이었다. 하찮은 연습곡이 순식간에 근사한 듀엣곡으로 살아났다. 아름답고 감미로운 멜로디가 서서히 번지면서 갑자기 온 집에 꽃이 우우 피어나는 듯했다. 동생은 신이 나서 어깨를 들썩이고 가족들의 웃음소리가 집안 가득 퍼져 나갔다. 아이는 이제 화합의 아름다움을 이해하기 시작한 것이었다.

아이와 달리 나는 쉽게 소리가 얻어지지 않았다. 나에게 있어 소리를 내는 일은 삶을 꾸려가는 일일 터였다. '둥글고 속이 꽉 찬 소리'는 충실한 자기 삶을 만드는 일이었다. '띄워 보내는 소리'는 세상과의 소통을 말함이리라.

나는 그 어느 것에도 편하게 이르지 못했다. 늦은 나이까지 가정과 직장을 병행해야 하는 나 같은 사람에게는 차라리 소리가 없었다고 보는 편이 옳았다. 어디에도 나는 없었다. 아무것도 내 것은 없었다. 목적한 소리는 있으나 내 것으로 품어지지 않았고 세상의 소리는 미처 내 안에 들이기도 전에 공중으로 흩어졌다. 나는 그저 아이 넷을 둔 평범한 직장 여성으로서 지우개처럼 매일 조금씩 닳아 없어지고 있을 따름이었다.

소리꾼들은 대체 어떻게 소리를 얻을까? 어느 해 봄, 영화 〈서편제〉에서 본 소리꾼의 득음 훈련은 등짝을 후려치는 감동이었다. 저음에서 고음까지 높고 깊고 넓게 혼을 바쳐 소리 지르면 목이 잠기고 피가 솟는다. 피를 토하면서도 멈추지 않고 한두 해 목을 풀었다 잠갔다 하다 보면 옆에서도 소리가 들리지 않을 정도로 목이 콱 쉬다가 마침내 트인다. 득음이다.

〈서편제〉에서는 소리를 통한 화합이 압권이다. 창을 하는 여인은 장님이고 북을 잡은 고수는 배다른 남동생이다. 이룰 수 없는 사랑을 가슴에 품은 두 사람은 20년 전에 헤어졌다가 오늘에야 만났다. 세월만큼 쌓인 한을 안고 창唱과 북으로 마주 앉은 것이다.

"아이구 아버지 아니시오~."

심청가를 뽑는 여인이 사무친 한恨을 토하자 고수의 북이 둥둥둥 소리를 받친다. 창과 북이 소리와 장단으로 어우러진다. 창도 창이지만 장단을 짚어내는 고수의 솜씨 또한 예사롭지 않다. 몸 곳곳에 북 가락이 잔뜩 끼어있음이 보인다.

소리가 나가다가 숨이 딸려서 처진다 싶으면 '얼씨구나' 부추기고, 소리가 슬프게 나올 때는 북 가락을 줄여 '얼쑤~' 하며 북소리도 낮춘다. 소리가 씩씩하게 나갈 때는 북장단도 크게 쳐서 '얼씨구 좋다' 소리를 돋운다. 밀고 당기고 맺고 풀며 소리를 다듬고 어루만지는 것이다. 몸을 대지 않고도 소리와 북으로 서로 희롱하고 보듬고 내치고 거둔다. 소리를 통하여 화합에 이르는 길이 이리도 아름다울 수 있음을 보여주는 것이었다.

바이올린이나 창이나 삶의 소리나 쉽게 얻어지는 것은 없었다. 내 닿기만 한다고 좋은 소리가 만들어지는 것도 아닐뿐더러 어느 날 갑자기 좋은 소리가 기적처럼 찾아오는 것은 더욱 아니었다. 내 안에 있는 수많은 나를 비우는 것도 어렵지만 목적한 소리에 온전히 나를 쏟아붓는 일도 쉽지 않았다. 비우고 채우느라 피 토한 목이 수없이 잠겼다 풀렸다 하는 중에 비로소 자기의 소리가 얻어지는 것이었다.

한恨을 삭이는 일도 다르지 않았다. 명창들은 생生 또한 한으로 간주한다. 삶 자체를 한과 동일시하는 것이다. 살아가는 일이 한을 쌓는 일이요 한을 쌓는 일이 살아가는 일이라고 한다. 응어리진 한을 넘어서야 소리에 한을 실을 수 있다고도 한다. 나는 그 넘어섬을 '자유'로 이해한다. 나로부터도 소리로부터도 자유롭기를 희망한다.

문득 아이의 바이올린 소리가 멈춘다. 현관 앞에서 엄마의 귀 기울이는 소리가 들린 것일까. 나는 짐짓 침묵으로 나의 존재를 알린다. 침묵 속에서 우리는 서로의 소리를 듣는다. 악기 내려놓는 소리, 활 푸는 소리, 발자국 소리…. 소리는 우리의 삶에서 소통이자 화합이며, 막아선 벽을 뚫고 드나드는 길일 터이다. 이제 곧 아이의 문 여는 소리가 들릴 것이다.

벌

달포 전에 아들이 벌에 쏘인 일이 있었다. 딱하게도 불알을 쏘이고 말았다. 거실에 있는 화초 근처에서 속옷을 갈아입다가 그리되었다. 갑자기 따끔하여 가시가 든 줄 알고 들여다보았더니 벌이 한 마리 들어 있어 집안이 발칵 뒤집혔었다. 언제부터 그 녀석이 우리 집을 엿보게 되었을까.

오늘 아침 참외를 깎다가 무심코 거실 창을 보니 유리창에 벌이 또 한 마리 붙어있다. 두 번째 손님이다. 생명체 같지도 않게 움직임이 없다. 아마도 내가 먼저 녀석에게 들켜 버렸나 보다. 내가 저를 보기 전에 녀석이 먼저 나를 보았기 때문에 반사적으로 움직임을 딱 멈추었으리라. 아니다, 멈춤일 수는 없다. 생물에게 정지는 죽음을 의미한다. 녀석은 오히려 사력을 다한 움직임으로 유리창에 붙어있음이 틀림없다. 정물처럼 보이는 것은 순전히 나의 착각일 것이다. 지금쯤은 등 뒤로 나의 시선을 느끼고 있는지도 모른다. 자신의 존재를 기어코 들키고 말았음을 눈치챘기 때문에 더욱 필사적으로 붙어있을 것이다.

여름

한편 나는 녀석을 알아챈 순간 너무 놀라 손을 베고야 말았다. 공포감이다. 내가 일찍이 보아온 것은 맨드라미꽃에 코를 박고 있거나 탱자나무 위를 맴돌며 쉬고 있는 벌이다. 빈집에 녀석과 단둘이 있어 본 적은 한 번도 없다. 더구나 녀석은 황당하게도 내 아들의 속옷에 들어가 불알을 쏜 놈과 같은 족속이 아닌가.

노란 참외에 붉은 피가 뚝뚝 떨어진다. 나는 바위처럼 꼼짝할 수가 없다. 아는 척을 해야 하나, 모른 척해야 하나. 아는 척하는 순간 우리는 적대관계가 성립되고야 만다. 나는 녀석의 무모함을 경계해야 하고 녀석은 나의 잔인함에 대처해야만 한다. 피할 수 없는 우리의 숙명이다. 숨도 제대로 쉴 수 없는 상황인데 흐르는 피만이 동작을 멈추지 않고 있다.

베인 부분에 피를 닦고 밴드를 붙인다. 숨을 고른다. 대응 방법을 궁리한다. 중국 속담을 적용해 본다. 친구가 오면 술을 권하지만 적이 오면 총을 겨눈다고 했다. 총 대신 파리채로 잡아버려야 하지 않을까. 그러나 상황이 나에게 전적으로 불리하다. 유리창이 높아 의자를 놓아야 하는데 그사이 녀석이 나를 가만둘 리가 없다. 의자에 오르는 순간 녀석은 나의 저의를 눈치채고 전속력으로 나를 공격할 것이다. 날 수 있는 것에 대한 날 수 없는 것의 한계다.

몽골인들의 협상법을 활용해 볼까. 아무 제재도 가하지 않고 저 하고 싶은 대로 내버려 둔다. 되도록 녀석을 자극하지 않는다. 유혹하듯 살그머니 옆 창문만 열어 둔다. 바람이 성큼 집 안으로 끼어든다. 벌을 회유하는가, 나를 응원하는가. 나는 나의 호의가 녀석에게 우호적으로 받아들여지기를 기대한다.

갑자기 녀석이 움직임을 시도한다. 시위인가, 반란인가. 날개를 거만스럽게 펴는 듯하더니 큰 몸짓으로 유리창을 한 바퀴 돌아 보인다. 바로 옆의 열린 창은 안중에 없는 모양이다. 닫힌 창을 중심으로 무도회를 하듯 서너 바퀴를 소리 내며 돌고 있다. 에엥-, 에앵-, 에앵-, 녀석이 내는 소리가 눈앞을 지나 귓속을 뚫고 머릿속까지 침범해 들어온다. 나는 공포로 혼이 빠져 버렸다. 나야말로 열린 창을 통해 밖으로 날아가고 싶은 심정이다.

녀석을 의심하기 시작한다. 달포 전 동료의 일로 나를 벌罰 주러 침입한 건가? 그렇다면 유감스럽기 짝이 없는 노릇이다. 이 모든 일은 그 녀석의 부주의에서 비롯된 것이 아닌가. 방자하게 내 아들의 팬티 속으로 들어온 그 녀석을 어찌 가만둘 수 있단 말인가.

녀석의 입장을 이해해 보려 머리를 쥐어짠다. 우리 집에 그냥 잠시 들러본 것은 아닐까. 아무런 목적도 의도도 없이 들어왔다가 유리창과 마주쳤을 수도 있지 않을까. 단지 금지구역을 몰랐을 수도 있으리라. 녀석들의 지능지수는 그 녀석이 내 아들의 팬티 속에 들어왔을 때 다 알아봤다. 벌은 원래 침을 사용한 순간 저 먼저 죽고 만다는데 그 일이 목숨을 걸 일이었던가.

아들 또한 무신경했음을 인정하지 않을 수 없다. TV에 나오는 축구 경기를 보느라 화초 옆인지도 모르고 속옷을 갈아입은 것이 불찰이었다. 모르는 사이 벌을 자극했을 수도 있다. 낮잠 즐기는 그 녀석을 위협했을 수도 있다. 사랑을 나누는 그 녀석에게 방해가 되었을 수도 있다. 오죽하면 내가 그를 나무라면서 벌罰 받느라고 벌[蜂]에 쏘였다고 몰아세웠을까.

녀석은 이제 거실 커튼의 레이스 부분에 얌전히 붙어있다. 한바탕 시위 후 기분이 한결 좋아진 것 같다. 여유 있게 뒷다리를 들어 몸을 푸는 모양이 화해를 고려하는 눈치이다. 녀석 또한 나처럼 분석과 성찰의 시간을 가졌는지도 모르겠다.

나는 한 번 더 화친을 제안하기로 했다. 이번에는 현관문까지 활짝 열어 준 것이다. 아까와는 달리 집 안의 모든 문을 있는 대로 소리 내어 다 열어젖혔다. 나의 완벽한 무장해제를 녀석이 알아주기 바랐다.

서양 미신에 벌은 행운의 전령사라고 하던 게 왜 이제야 생각났을까. 벌이 집 안으로 들어 오면 중요한 손님이 온다는 것을 알리는 일이라 했다. 우리나라의 까치와 같은 개념이다. 벌이 전하는 손님이 찾아오면 마실 것과 먹을 것을 충분히 주어 잘 대접하라고 했다. 벌을 죽이면 수년간 불행에 시달린다고도 충고한다.

재미난 미신이라 생각하며 파리채를 치우다 보니 녀석은 어느새 밖으로 날아가 버리고 없다. 녀석을 향한 나의 진정이 전달된 모양이다. 이번 일로 우리 사이에 모종의 소통이 이루어진 게 아닐까. 나는 괜히 기분이 좋아져서 문들을 차례로 닫았다.

시간을 거슬러

여름 베갯잇을 갈다가 웃음이 팡 터졌다. 바로 어제 친구들과 점심 모임에서 나눈 대화가 생각났기 때문이다. 우리는 모두 자식들을 혼인시켜 손주들도 하나, 둘 본 상태이다. 당연히 할머니들이다. 문제는 머리와 달리 마음이 이를 거부하는 데 있다.

A가 말한다. 엘리베이터에서 만난 여자아이가 하도 예뻐서 미소를 머금고 그윽이 바라보았더니 옆에 있던 젊은 엄마가 '할머니한테 안녕하세요 인사해야지.' 하는 바람에 김이 팍 샜다고.

B가 받는다. 백화점에서 넥타이를 고르고 있는데 점원이 쪼르르 옆에 오더니, '할아버지 거 고르세요? 이건 어때요?' 해서 괘씸하기 짝이 없었다고.

C가 머리를 절레절레 흔들며 고백한다. 교통사고가 나서 정신을 잠깐 잃었는데, 그 와중에도 사고를 낸 운전자가 '할머니, 할머니 정신 차리세요. 눈 좀 떠 보세요.' 해서 기분이 살짝 나빴다고.

웃을 일이 아니다. 시간은 인간에게 있어 욕망의 원형이다. 이를 이해하자면 4,500여 년 전 우루크의 왕 길가메시까지 거슬러 올라가야 한다. 반신반인으로 태어난 길가메시는 시간의 법칙을 거부했다. 늙음과 죽음을 받아들이지 않았다는 뜻이다. 전쟁 통에 눈앞에서 친구가 죽자 충격을 받은 그는 불사, 불로의 비결을 찾아 헤맨다. 가까스로 불로초를 구하지만, 그가 잠든 사이 뱀이 그것을 먹어버리고 만다. 늙음과 죽음은 인간에게 피할 수 없는 업보라는 걸 깨닫게 되는 순간이다.

길가메시 이후에도 불사, 불로는 인간의 영원한 숙제로 남아 있다. 불로초에는 장생을 기원하는 인간의 욕망이 잠재되어 있는 것이다. 길가메시의 영향으로 죽음을 받아들인 수메르인들의 지혜에도 불구하고 불로초를 구하러 선남선녀를 동쪽으로 보낸 진시황이 이를 증명한다. 믿기지 않으면 다른 예를 들 수도 있다. 지금이라도 당장 독실한 어느 종교인에게 꽃이 피고 천사가 노래하는 천국으로 안내하겠다고 제안해 보라. 노 땡큐, 무슨 그런 말씀을. 소똥 밭을 굴러도 이 세상이 낫다고 손사래를 칠 것이다.

나 역시 가끔은 시간을 거스르고 싶을 때가 있다. 아이처럼 계단을 날듯이 오르내리고 싶고, 목젖이 보이도록 큰 소리로 웃어보고도 싶다. 자전거로 국토종주도 해 보고도 싶고, 보스턴 마라톤 대회에도 당당하게 참가하고 싶다.

무엇보다 나는 시간을 거슬러 오드리 햅번을 한 번 만나고 싶다. 엘리자베스 테일러나 그레타 가르보는 관심이 없는데 오드리 햅번과는 따뜻한 차 한 잔 나누고 싶다. 〈로마의 휴일〉를 찍은 스페인 계단에서 젤라또도 함께 먹어보고 싶고, 아프리카로 달려가 기아를 안고 눈물을 흘리는 그녀의 모습을 메모하고 싶다. 아, 나는 그동안 무얼 하며 살았나? 나의 시간은 왜 이렇게 의미 없이 흘러가 버렸나?

베갯잇을 갈고 나서 삼베 이불을 펼쳐든다. 여름철 침구로는 더할 나위 없이 시원한 조합이다. 그런데 문득 수의壽衣 또한 삼베로 만드는 것에 생각이 미친다. 환갑 때 이미 수의를 장만한 시어머니가 생각난 것이다. 당시에 나는 갓 시집온 새댁으로, 수의에 대한 이해가 없었다. 죽을 때 입는 옷이라기에 죽기 전 '잠깐만!' 하고 일어나 옷을 갈아입는가 했다. 죽음에 대한 개념조차 없었던 시절이다.

삼베 이불에서 수의를 떠올린 건 사고의 진화일 수도 있을 것이다. 이전에는 이불 따로, 수의 따로 기억 상자가 달랐다. 시간의 이해로 의식 어딘가에서 상관관계가 생긴 것이다. 새로운 발견이다. 길가메시와 진시황마저 자빠뜨린 절묘한 공식이다.

나 또한 이제 그들의 코스를 밟고 있는 중이다. 늙음을 거쳐 죽음에 이르는 긴 여정이다. 나쁘지 않다. 처음 가는 길이라 어리둥절하고 생소할 뿐이다. 시간은 천재다. 그 길에도 곳곳에 아름다움과 기쁨을 숨겨 놓았을 것이다. 주위를 둘러보며 좀, 천천히 가려고 한다.

여름

샤갈과 히틀러

살아가면서 자신의 힘으로 어찌할 수 없는 것 중 하나가 부모와 시대의 선택일 것이다. 나는 지금 같은 시대에 태어나 다른 길을 간 두 남자를 주목하고 있다. 샤갈과 히틀러이다.

샤갈은 러시아 서부의 작은 도시에서 히틀러보다 2년 먼저 태어났다. 그는 독실한 유대교도로 전쟁과 히틀러의 유대인 박해를 피해 반평생을 해외로 떠돌아다니며 그림을 그렸다. 전 유럽을 쑥대밭으로 만든 전쟁 속에서 죄인처럼 숨어다닌 샤갈의 삶이 결코 녹록지는 않았을 터이다. 그러나 그의 그림 속 세상은 동화처럼 아름답고 평화롭다. 인간과 동물이 있고 열매를 맺는 나무가 있다. 연인들은 하늘을 날고 보랏빛 염소가 바이올린을 켜는, 마치 꿈속을 거니는 것 같은 환상적인 풍경들이 나타난다. 그가 고통 속에서도 밝고 생생한 색채로 세상의 모든 아픔을 희망과 사랑으로 바꿀 수 있었던 힘은 어디에서 나왔을까?

오스트리아에서 샤갈보다 2년 늦게 태어난 히틀러 역시 화가가 되고 싶었던 사람이었다. 2차 대전을 일으켜 그 많은 사상자를 낳았고 유대인들을 대량 학살한 희대의 독재자가 어린 시절 화가를 꿈꾸었다니 아이러니가 아닐 수 없다.

청소년기에 부모를 잃은 히틀러는 돈도 없고 직업도 없고 배운 것도 없었다. 타고난 그림 솜씨로 엽서나 풍경 수채화를 그려서 팔아 입에 겨우 풀칠을 하고 살았다. 그런 그에게 꿈이 있다면 화가가 되는 것이었다. 그러나 그는 빈 미술대학 입학시험에서 세번이나 낙방했다. 만일 그때에 빈 미술대학이 히틀러를 받아들였더라면 세계사는 어떻게 달라졌을까?

그의 그림들을 살펴보면 '전쟁의 주범'이라는 흔적은 어디에서도 찾을 수 없다. 서정적이고 감성적이다. 아름다운 호수, 오래된 성, 어머니의 품에 안겨있는 어린 예수의 모습을 보면서 수백만 명의 유대인을 가스실에서 죽게 한 장본인이 그린 그림이라고 누가 상상이나 하겠는가.

샤갈과 히틀러는 태생적으로 상극이었다. 샤갈은 유대인으로 태어났고, 히틀러는 병적으로 유대인을 싫어했다.

샤갈이 유대인으로 태어난 것은 피할 수 없는 그의 운명이었다. 당시 유대인들은 어느 한 곳에도 뿌리를 내리지 못하고 유럽 각지에 흩어져 살았다. 당연히 직업 선택에도 제한이 있었으므로 고리대금업자 같은 음성직업을 가질 수밖에 없었다. 천성적으로 부지런하고 명석한 유대인이 고리대금업을 통해 금융계를 잠식함에 따라 유럽인들 사이에 '돈만 밝히는 무리'라는 반유대인 정서가 싹튼 것 또한 자연발생적이라 할 수 있을 것이다. 하물며 1차 대전 실패 후 식민지를 잃은

데다 막대한 전쟁 빚더미에 올라 앉은 독일의 경우에는!

샤갈이 유대인으로 태어난 것이 운명이었듯이 히틀러가 유대인을 싫어한 것 또한 운명이었다. 그는 그의 전 생애를 유대인을 증오하고 척결하는 데 소비했다. 청년 시기에 그가 경험한 좌절과 실패, 정신적 위기, 그리고 전후 독일의 복잡한 정치 현실은 그의 개인적 반유대 감정을 국가적 차원으로 확장시켰다. 그는 자신에 대한 열렬한 지지자들을 통해 유대인에 대한 그의 증오심이 많은 유럽인의 정서와 부합됨을 알았다. 당시 유대인에 대한 혐오감은 유럽 전체에 만연하게 퍼져 있었기 때문이었다.

게다가 독일은 엄청난 전쟁 배상금과 심각한 내분에 휩싸여 있었다. 속죄양이 필요했다. 정치인 히틀러는 유대인의 척결을 통해 국론을 통일하고 그들의 재산을 몰수하여 2차 대전을 치러야 한다고 판단했다. 전해오는 그의 어록에는 "국력은 방어에 있는 것이 아니라 침략에 있다."는 말이 있다.

두 사람에게 사랑은 어떤 의미였을까? 샤갈에게는 사랑하는 가족과 연인 벨라가 있었다. 빈민층으로 거칠게 살았던 샤갈과 부유한 집안에서 문학과 역사와 철학을 공부했던 벨라의 사랑은 벨라가 먼저 세상을 떠날 때까지 35년간 이어졌다. 벨라는 그에게 끝없는 지지와 예술적 영감을 주었다. 샤갈은 자서전에서 벨라와 함께 지낸 시간을 자기 인생에서 가장 행복했던 때라고 회고했다. 그 시절 그의 그림들은 모두 사랑과 행복을 담고 있다.

히틀러는 빗나간 사랑에 갇혀 있었다. 어렸을 때는 과도하게 어머니에게 집착하여 오이디푸스 콤플렉스에서 벗어나지 못했고, 사춘기에는 모델 소녀에게 구애했다가 극심한 심적 외상을 입었다. 그로 인한 상처는 신경증으로 발전하여 유대인에게 투사되었다. 공교롭게도 그는 어렸을 적부터 유대인과 악연이 깊었다. 사랑하는 어머니를 죽음에 이르게 한 유방암 수술 의사도 유대인이었고, 그를 비웃고 떠난 모델 소녀의 약혼자도 유대인이었으며, 자신의 꿈을 짓밟은 미술대학의 심사위원들도 유대인이었다.

그는 극심한 유대인 혐오증에 사로잡혔다. 히틀러의 의식 속에 잠재된 유대인에 대한 증오는 당시 사회 일반에 퍼져 있었던, 결혼으로 인한 유대인과 게르만족 간의 인종적 오염을 방지해야 한다는 강박관념을 더욱 견고하게 만들었다.

게다가 그에게는 그의 반유대인 정서에 열광하는 지지자들이 있었다. 시대적 불행이 아닐 수 없었다. 이를 두고 또 다른 유대인 지그문트 프로이트가 민중을 분석한 대목이 흥미롭다. 정신분석학자 프로이트는 그의 논문 '집단 심리학과 자아 분석'을 통해 "불안한 시기에 민중은 단 하나의 확실한 비전을 강조하는 지도자에게 끌리게 되어 있다."고 말했다. 지구상에서 히틀러의 출현을 최초로 예견한 그의 안목이 놀랍다.

살다 보면 운명조차도 결국은 자신의 선택이 아닐까 하는 생각이 들 때가 있다. 샤갈은 그림이 주는 신비롭고 행복한 이미지처럼 본인도 비교적 순탄하게 97세까지 살았다. 자신의 그림과 생애가 엇비슷하게 전개된 셈이다. 사실 샤갈은 당시 유럽의 미술계에서 인정받기에는 어려운 위치에 있었다. 유럽의 변방 러시아에서 태어난 유대인이었고, 당시는 유대인의 차별이 극심했던 시절이었다. 그러나 샤갈은 피카소와 더불어 20세기 가장 영향력 있는 화가로 손꼽힌다. 그의 그림에서 전해지는 '그럼에도 불구하고 삶은 아름다운 것'이라는 메시지가 인간의 마음을 치유하고 있기 때문일 것이다.

반대로 히틀러는 예술을 소유와 집착의 개념으로 이해했다. 그에게 있어 빈 미술대학은 넘을 수 없는 산이었다. 예술 또한 영원히 극복되지 않은 욕망의 세계였다. 그는 끝내 예술마저도 정치권의 영향 안에 두고자 했다. 프랑스 파리를 점령했을 때도 가장 먼저 찾아간 곳이 루브르 미술 박물관이었다고 한다. 그림뿐 아니라 고대의 유물과 미술품에 대해서도 관심이 많았던 그는 이집트의 유물들을 약탈하여 게르만족의 신성시를 뒷받침하여 줄 신화적 도구로 이용하려고도 했다.

역사에서는 '만약에'가 통하지 않는다고 한다. 그러나 만약 샤갈이 유대인이 아니었고 히틀러가 화가로 성공했다면 20세기 화단과 유럽의 역사는 달라졌을까. 인간은 결국 인간에 의해 고통과 위안을 받는다고 볼 때 이 모든 것은 피할 수 없는 역사의 선택이었을까.

폴란드에서 유대인 최대 수용소 아우슈비츠를 보고 온 그 여름, 예술의 전당에서는 '샤갈 기획전'이 열렸다. 나는 샤갈의 〈누워 있는 시인〉 앞에 한참을 머물렀다. 그림 속에 등장하는 초원은 벨라와 신혼여행을 갔던 러시아의 시골 풍경이리라. 푸른 초원에는 말과 돼지가 풀을 뜯고 있고, 초원의 끝자락에는 시인이 꿈을 꾸듯 누워 있다. 북

유럽의 건강한 전나무들이 보기 좋게 쭉쭉 뻗어있는데, 하늘에는 라일락빛 노을이 가득하다. 숲 너머로는 보일 듯 말 듯 일찌감치 달이 떠 있다.

그림이 완성된 1915년은 1차 세계대전이 막 터진 후였다. 화가의 꿈을 이루지 못하고 어머니마저 잃은 히틀러가 독일군에 입대하겠다고 호기를 부리고 있을 때였다. 군의관이 물었다.

"자네는 왜 죽음을 무릅쓰고 싸우려 하는가?"

"독일이 이 세상에서 가장 위대한 나라이기 때문입니다. 독일이 세계를 다스리면 다른 민족에게도 큰 행운이 될 것입니다."

나는 그림에서 나와 천천히 발길을 돌렸다. 같은 시대에 태어나 치열하게 다른 삶을 살다 간 두 남자를 생각하며 몇 날 몇 밤 동안 잠을 설쳤다.

여름

어머니의 수채화

전임 대통령이 유명 화가의 그림을 500여 점이나 소장하고 있다는 뉴스를 보고 나 같은 서민에게 제일 먼저 드는 생각은 그 많은 그림을 어디에 걸었을까 하는 거였다. 그림보다 벽을 걱정한 셈이다.

신혼 때 시댁 대청마루에는 수채화 한 점이 걸려 있었다. 한국 수채화의 대부라 불리는 서동진徐東鎭 화가의 그림인데, 사적으로는 시어머니(서원자)의 숙부가 되기도 한다.

당시 어머니의 친정은 달성 서씨 집안의 주축으로 일제강점기를 거치고 전쟁을 겪는 어려움 속에서도 독립운동가와 예술인을 길러낸 집안이었다. 친정에 대한 자긍심이 강한 어머니는 그 그림을 숙부에게서 직접 받았다고 자랑했으나, 그림에 문외한인 아들과 며느리들은 별다른 반응을 보인 일이 없었다.

어느 날 서울에서 미술대학을 나온 사촌 시누이가 그림을 주목하더니 낙관落款은 어찌 되었느냐고 물었다. 우리는 한 번도 궁금해 본 적이 없는 사항이라 서로 얼굴만 쳐다보았다. "아, 낙관! 도장 말이구나!"

어머니의 얘기를 듣고 우리는 경악을 금치 못했다. 궁핍한 시절 숙부로부터 귀한 그림을 받긴 했으나, 마땅한 액자가 없어 고민하던 중 지하실에서 찾아낸 액자는 그림보다 크기가 작았다. 새로 사려니 돈이 들고, 빈 액자도 아깝고 해서 그림을 액자에 맞추다 보니 사방 여백 부분을 접어서 넣을 수밖에. 화가의 낙관은 감쪽같이 액자 속으로 들어가 버렸던 것이다.

시누이가 조심조심 액자를 풀어 보았다. 유리도 없이 60년을 견딘 그림은 접혔던 부분이 완전히 해져 손에 닿는 순간 툭 떨어졌다. 낙관 또한 삭아서 흔적만이 불그레하게 남아있을 따름이었다. 불편한 침묵이 우리를 에워쌌다. 수채화는 바로 어머니의 자존심이었던 것이다. 귀하게 태어나 가난한 집 수재를 만났을 때도 신혼의 꿈과 함께 수채화가 있었고, 전쟁으로 남편과 생이별을 했을 때도 통일의 여망 한복판에 그것이 있었다. 깊은 밤 잠든 자식들 옆에서 사무치는 외로움으로 뼈를 깎을 때에도, 통한의 곡哭과 함께 수채화는 그 자리에 있었다. 욕된 세월 속에서도 그것은 어머니의 역사였으므로 결혼반지를 들여다보듯 아침저녁으로 마주 대해 온 것이었다.

다행히 수채화는 어렵게 낙관을 회복했다. 귀신도 곡할 일본 기술이 낙관 흔적을 고스란히 물에 풀어 정교하게 되살려 놓았던 것이다. 수채화는 새롭게 표구되어 집 안에서 가장 중심되는 자리에 걸리게 되었다. 화가가 조카에게 남긴 오직 한 점의 명작이었으므로, 전임 대통령처럼 벽을 두고 고민할 일은 없었다. 벽 하나에 그림 한 점이 자랑스럽게 걸려 있었다.

여름

그대 먼 별

들불처럼 번지는 미투운동Me Too Movement을 보면서 드는 생각은 우리는 본질이 아닌 현상에 너무 치중하지 않은가 하는 점이다.

미투운동은 특정 개인과 개인 간의 문제가 아니다. 특정 개인(대부분 사회적으로 성공한 개인)을 상대로 그를 무섭게 질타하고, 불이익을 주고, 매도함으로써 지탄의 대상으로 삼는 것이 목적이 아니라는 뜻이다.

문제의 본질은 '다름에 대한 이해'이다. 남과 여는 태생적으로 다르게 태어났다. 산이 산으로, 강이 강으로 태어나듯이, 고래가 고래로, 장미가 장미로 태어나듯이 말이다. 그런데 언젠가부터 이상한 신화가 생겨났다. 남녀는 전체와 부분이라는 설이다. 태초에 하나님이 인간을 만들 때 남자의 갈빗대 하나를 뽑아 여자로 만들었다는 것이다. 인간의 뼈 중에 가장 상해 위험도가 낮고 회복력이 빠른 것이 갈비뼈이다. 그런 갈비뼈 하나를 슬그머니 뽑아 여자를 만들었으니 처음부터 여자는 남자의 부분이요, 하찮은 존재일 수밖에 없다. 이상하지 않은가. 세상천지에 나뭇가지 하나를 꺾어 강을 만들고, 고래 뼈 하나를 뽑아 장미를 만들었다는 얘기를 들어본 적이 있는가.

프로이트Freud는 이를 두고 기발한 발상을 했다. 남녀의 구분을 남근의 유무에서 찾아야 한다는 것이다. 남자에게 남근이 있듯이 여자에게는 여근이 있을 터이다. 여근이 없다면 아이는 어떻게 만들어졌겠는가. 안과 밖의 차이가 있을 뿐이다. 그런데 그것을 남근의 유무로만 구분을 하니 남근이 없는 여자는 처음부터 결핍의 대상일 수밖에 없다. 이 또한 해괴한 주장이 아닌가.

신체적으로도 남자는 여자에 비해 덩치가 크고 힘이 세다. 인류 역사가 유목에서 농경을 거쳐 산업 사회로 이르기까지 힘세고 강한 남자에게 유리할 수밖에 없었던 이유이다. 아무도 없는 허허벌판에서 먹이를 두고 남녀가 겨룬다면 누가 이기겠는가. 문명이 발달하여 이제는 힘보다 다양한 기능이 필요한 사회가 되긴 했지만 그동안의 기득권자가 쉽사리 자리를 내어줄 리 만무하다.

남녀는 표현 방법도 다르다. 여자는 의사표시를 말로 하지만 남자는 몸으로 하기를 좋아한다. 그편이 적성에도 맞고 유리하기 때문이다. 인류 역사가 전쟁과 약탈로 점철되어 있음이 그것을 증명한다. 좋은 일이든 나쁜 일이든 말보다 몸이 먼저 나간다. 몸이 나가기 전 감성이란 게 존재한다는 사실에 주의할 필요를 느끼지 않는다. 혹여 잠시 느꼈더라도 개인의 지적 허영권을 벗어나지 못한다. 어차피 여자는 남자의 갈비뼈 하나로 만들어졌으므로. 어차피 여자는 남근도 없이 결핍 상태로 태어났으므로.

전도유망한 젊은 정치인이 여비서에 대한 자신의 성폭행이 문제가 되자 피해자에게 위로한다는 말이 '괘념치 말거라'였다고 한다. 조선 시대의 왕이나 할 수 있을 법한 대응이다. 왕에게는 수치심이 없으니까.

'괘념치 말라'는 말속에는 남자의 온갖 속마음이 다 들어 있다. 온 세상이 떠들어도 나 정도 되는 남자는 예외일 터이니 괘념치 말거라. 너 정도나 되니까 나의 손이 뻗은 것이니 가문의 영광으로 알고 괘념치 말거라. 어차피 이 모든 사태를 해결하는 사람은 남자들일 터이니 여자인 너는 괘념치 말거라~.

내키지 않는 일이지만 이쯤에서 남녀의 우월성을 따져볼 필요가 있다. 세상은 오랫동안 남자가 지배해 왔다. 아리스토텔레스가 그러하고, 뉴턴이 그러하며 알렉산더 대왕이 그러하다. 여자는 어찌하여 철학에도 과학에도 정치에도 남자에 뒤지는가. 이것이야말로 갈빗대론과 남근론을 뒷받침하는 것이 아니겠는가.

우리는 이것을 사회적 환경에서 찾을 수밖에 없다. 인간은 동물과 달리 사회적 필요에 따라 길러질 수밖에 없기 때문이다. 남자는 남자답게, 여자는 여자답게 길러진다. 여기에 함정이 있는 것이다. 아이러니컬하게도 함정의 중심에는 어머니라고 불리는 여자가 있다. 그들은 남편에게서 진저리나도록 차별을 경험하지만 자기 아들이 행여 기존의 기득권 대열에 끼지 못할까 봐 전전긍긍하는 족속이다. 무서운 이기심이다. 세상 모든 남자들의 편견과 횡포에는 몸서리치는 한편 아들을 위해 기득권의 붕괴를 가장 먼저 걱정하고, 소중한 자식, 내 아들만은 그 기득권의 중심에 올려놓고 싶은 이기심이다.

버지니아 울프는 이에 발칙한 발언을 했다. 그는 셰익스피어의 여동생이 오빠만 한 재능을 타고났다면 셰익스피어가 될 수 있었겠느냐고 묻는다. 여자라면 당연히 페티코트와 바느질과 순종을 미덕으로 길러지는 사회에서 과연 셰익스피어라는 대문호가 태어날 수 있었겠느냐고 되묻는다. 순종의 미덕이 무엇인가. 남자의 그늘에 안주하기 위한 필수 덕목이 아니겠는가.

울프는 여자에게도 자기만의 방과 돈이 필요하다고 역설했다. 그러나 더 많은, 우아한 여자들은 오히려 그것을 두려워했다. 남자들의 분노가 무서웠던 것이다. 그들은 방 대신 남자의 겨드랑을 선택했다. 그곳이 훨씬 따뜻하고 안전하다고 교육받아 왔기 때문이다.

그러나 남자들이여!

여자들도 이제 목소리를 내기 시작했다. 예전에는 삼삼오오 즈네들끼리 수군대다가, 더 이전에는 그마저도 죄스러워 부뚜막에 앉아 홀로 눈물을 훔쳐오다가, 이제는 입을 모아 외치기 시작했다. 제아무리 잘난 남자라도 여자의 몸에서 태어났고, 다름이 있을 뿐 남녀는 동등하다고. 산과 강에 우열이 없고, 고래와 장미에 선후가 없는 것처럼 남녀는 동반자로 함께 가야 하는 거라고.

짚고 넘어가야 할 것은 '괘념치 말라'의 원적지이다. 여자들도 이제 자신들의 어리석고 못남을 검토하기 시작했다. 딸에 비해 아들을 우선하여 기르지는 않았는지. 눈앞의 작은 이익을 위해 권력의 남용에 편승하지는 않았는지. 사랑과 범죄를 혼동하고 괘념치 않도록 부추기지는 않았는지.

여름

시간은 흐르고 사회는 진화하게 되어 있다. 어느 시인은 외로우니까 사람이라고 위로하면서 산 그림자도 가끔은 외로워서 마을로 내려온다고 했다. 좋은 말이다. 고고하게 하늘만 우러르고 있자니 외로웠던 모양이다. 마을에는 강도 있고 꽃도 있고 고래도 있다. 두런두런 속마음을 털어놓을 인간도 있다.

냉장고를 고치며

주스를 마시다가 수상한 낌새를 눈치챘다. 냉장고가 고장 난 모양이다. 주스가 상큼하게 차갑지를 않고 '몸에 좋은' 온도이다. 나는 원래 한겨울에도 냉장고에서 찬물을 꺼내 마시는 것을 좋아해서 차지 않는 물은 입안에서 금방 거부반응이 일어난다. 문을 열어 보니 불은 들어와 있고 온도조절계도 이상이 없는데, 손을 집어넣어도 시렵지가 않다. 냉동실을 보니 고기에 피가 조금씩 배어 나오고 있다. 탈이 나도 단단히 난 모양이다.

그간 13년을 사용했으니 말썽이 날 법도 하다. 내가 워낙 물건을 한 번 구입하면 유행과 관계없이 오래 쓰고, 정을 붙이면 사람에게 하듯 쓸고 닦는 성격이라 언제부터인가 냉장고는 가족처럼 친숙해졌다.

지난번 유럽 갈 때도 옆집 사는 이에게 화초와 금붕어를 부탁하면서 하루 한 번씩 냉장고 문을 반드시 열어달라고 부탁했었다. 친구인 S가 50일 동안 미국에 있는 딸네 집에 갔다 왔더니 10년 된 냉장고가 '끝났더라'고 한 말이 생각났기 때문이다. 말하자면 집 비우는 동안 냉장고에 '누군가 있음' 혹은 '잊지 않고 있음'을 꾸준히 기억시킨 것이었다.

S에게 전화를 하니 자기의 경우 서비스센터를 부른 결과 냉장고의 수명이 다 되었다고 하더라면서 이참에 냉장고를 바꾸라고 충고한다. 어차피 수명과 관련된 고장은 고쳐봤자 돈만 들고 얼마 못 간다는 얘기였다. 새로 출시된 냉장고는 얼음도 잘 나올 뿐 아니라 모양도 섹시하고, 와인 바가 끝내준다는 정보도 덧붙인다.

와인 바라고? 순간 나의 눈앞에 한쪽 어깨가 드러난 흰색 드레스를 입은 여자가 자줏빛 와인 바를 여는 광경이 펼쳐진다. 그 여자의 허리는 박현빈이 노래하는 S라인이며, 손은 모파상의 「차 한잔」에 나오는 여자처럼 가늘고 희고 고와서 자줏빛과 환상적인 조화를 이룬다.

또 다른 광경은 욕조에 있는 여자이다. 뭉게구름처럼 탐스러운 거품 목욕을 하고 있는 여자가 젖은 머리를 털며 와인을 마신다. 크리스털 잔에 반쯤 채워진 와인 역시 장미처럼 붉은빛이다. '으음, 맛있다!'고 감동하는 여자의 입술은 꽃잎 같고, 와인을 삼키는 목덜미는 알퐁스 도데의 「아를의 여인」처럼 길고 희고, 매끄럽다.

나의 환상은 그러나 5분을 못 넘기고 끝나고 말았다. 전화하느라 펑퍼짐하게 앉아있는 내 모습이 반대쪽 거울에 비치고 있었기 때문이다. 푸수수한 머리에 게슴츠레한 눈을 하고 있는 여자는 몸뻬 차림이다. 발코니 청소를 하러 나가던 참에 S에게 전화부터 잠깐 해 본다는 것이 와인 바 때문에 주저앉은 것이다.

나는 서비스센터로 다이얼을 돌렸다. 1시간 내로 기사가 들를 거니까 냉장고를 완전히 비워달라는 답변이 돌아왔다. 이제 이 냉장고는 오늘로써 나와의 인연이 끝날 수도 있을 것이다.

냉장고를 비우고 보니 듬직한 풍채에 눈이 간다. 세상 떠난 외할머니의 모습을 닮았다. 외가 부엌 옆에는 샘이 하나 있었다. 냉장고가 없던 시절이라 이 샘이 집 안의 냉장고 구실을 했다.

할머니는 여름이면 샘물에 과일이나 고기를 보관하셨다. 별도의 두레박에 식품을 담아 깊은 샘에 드리웠는데, 그 일들이 어찌나 경건했던지 그 누구도 감히 손댈 생각은 하지 못했다.

한여름에도 할머니는 할아버지에게 간식으로 차가운 홍시를 드렸다. 어떻게 그렇게 보관할 수 있었는지 지금도 미스터리로 남아있다. 할머니는 말 한마디 없이 미숫가루 한 잔과 홍시를 내어놓고, 할아버지는 그것들을 맛있게 드셨다. 나는 옆에서 조금씩 남겨 주신 것을 강아지처럼 핥았다.

내가 어른이 되어 '사랑'을 고민하기 시작했을 때 내면 깊숙이 두 분 노인의 깊은 신뢰와 말 없는 배려가 작용한 것은 부인할 수 없을 것이다. 사랑은 결국 몸을 사용함으로써 완성된다는 생각을 하게 된 것이다. 자식이 엄마에게 용돈을 드리는 것만 사랑이 아니라 외출에서 돌아와서 양말을 반듯하게 펴서 세탁기에 넣어주는 것 또한 사랑이라는 뜻이다.

할머니는 여름 내내 할아버지를 위해 차가운 홍시를 준비하고, 할아버지는 손녀를 위해 한 입씩 남기셨다. 언뜻 보아 할머니의 일방적인 헌신 같지만 그렇게 되기까지 할아버지야말로 평소 할머니를 분신처럼 아끼셨다. 두 분은 같은 해에 앞서거니 뒤따르거니 세상을 뜨셨다.

초인종이 울려 현관문을 여니 약속한 서비스 기사가 연장을 들고 서 있다. 깨끗하게 비운 냉장고를 점검하더니 센서를 교체해야겠다고 말한다. 나는 기계에는 문외한이라 그 말이 무슨 뜻인지 막연하여 '새것으로 구입할 필요는 없겠느냐'고 물어본다.

"5년 정도는 끄떡없겠는데요. 그때 교체하시죠."

이렇게 고마울 데가!

이 큰 덩치가 작은 센서 하나로 살아날 수도 있단 말인가. 반대로 이 큰 덩치가 센서 하나의 고장으로 멈추고 말았다는 것인가. 하늘에서 떨어졌는지 땅에서 솟았는지 본 일도 없는 '센서'에게 절이라도 하고 싶은 심정이었다. 그것은 아마도 사랑이나 배려, 혹은 자연이나 운명과 닿아있는 이치일 것이었다. 우리 삶이 언제나 헝클어진 실타래 같다가도 어느 한 가닥에 순리가 들어있었던 것처럼.

나는 무슨 대단한 횡재라도 한 듯 기분이 좋아졌다. 자줏빛 와인 바의 문을 여는 흰 드레스의 여인과 샘물에서 홍시를 건져 올리는 삼베옷의 외할머니가 번갈아 눈앞을 스쳐 가는 아침나절이었다.

틈

아들이 모처럼 휴가를 받아 집에 왔다. 전공의專攻醫 과정이라 주말에만 잠깐씩 틈을 내어 집에 들르곤 하던 참이다. 1년 만의 휴가라고 여간 좋아하는 것이 아니다. 밀린 잠도 실컷 자고 친구들도 만나야겠다고 연신 빙글거린다.

나 또한 모처럼 아들을 품는 재미가 쏠쏠하다. 집 안에 청년이 있다는 것은 얼마나 큰 행운인가. 어른들하고는 숨 쉬는 공기층부터 다르다. 젊은이답게 며칠 만에 집안 분위기를 확 바꿔 놓는다. 컴퓨터를 열어 버릴 것과 보관할 것을 정리하는가 하면 멈추어진 시계도 건전지를 넣어 살린다. 말썽 피우는 전구는 시원스럽게 갈아치우고 조금 높은 듯한 그림 액자도 바로 잡아 다시 건다.

사흘이 지났을까. 아들이 외출한 사이 벌레 박멸회사에서 사람이 왔다. 아들이 근무하는 대학병원 용역회사라고 한다.

나는 실소를 금치 못했다. 어제 식탁에서 저녁을 먹는데 바퀴벌레가 한 마리 나왔다. 오래된 아파트라 아주 가끔 그런 일이 생겼다. 자체 내에서 용역회사를 선정해 관리를 해 오고 있는데도 아파트 특성상 완벽하게 되지는 않고 있었다.

아들은 그것을 틈 때문으로 판단했다. 집 안에서 아무리 철저하게 관리를 해도 천장이나 벽의 갈라진 틈을 이용해서 밖으로부터 바퀴가 들어올 수밖에 없다는 것이다. 우리 쪽에서 벌레가 들어올 틈을 주고 있었다는 얘기다.

틈 제거 작업이 시작되었다. 용역회사에서 나온 사람은 전문성을 가지고 집 안 구석구석을 꼼꼼하게 살핀다. 무언가를 찢어 붙이기도 하고, 약 같은 것을 바르기도 한다. 풀에 재운 종이 같은 것을 조그맣고 둥글게 말아 구멍을 막기도 한다. 단 한 마리의 벌레도 용납하지 않겠다는 비장한 결의가 보인다. 한여름에 의자 위에 올라서서 높은 곳까지 작업을 하면서도 땀 한 방울 흘리지 않는다. 대단한 사람이다. 빈틈없는 사람이다.

나는 그 모양을 왠지 아득한 느낌으로 바라본다. 나의 온몸 땀구멍이 하나둘씩 막아지는 느낌이랄까. 피부 표면 위로 시멘트가 발라지는 기분이랄까.

이제 우리 집은 개미 새끼 한 마리도 들어올 수 없는 깨끗한 집이 되었다. 모든 통로, 모든 수단이 폐쇄되었다. 철없는 개미나 심심한 바퀴가 예전 생각하고 담을 넘었다가는 낭패를 보게 될 것이다. 담장에 쳐진 테이프에 붙어 숨이 막혀 죽거나 약에 취해 생을 마감할 수밖에 없다. 행여 다른 마음을 먹는 일도 삼가는 게 좋다. 보다 강력하고 효율적인 방법이 강구될 것이다. 인간은 늘 그들을 지배해 왔다.

외출에서 돌아온 아들이 작업 상태를 살피더니 만족해한다. 열린 창문까지 닫고 에어컨을 튼다. 고층 아파트라도 모기와 나방이 들어오기 쉬우니까 낮에도 문을 닫아두라고 한다. 하긴 에어컨을 위해서라도 문을 꼭 닫을 수밖에 없다. 집 안 깊숙이 유폐된 기분이다.

아들이 컴퓨터를 켠다. 스타크래프트다. 그가 특별히 좋아하는 컴퓨터 게임이다. 나는 전부터 게임 속의 장정들이 벌레같이 생겼다고 비난해 왔다. 적군 아군으로 나뉜 벌레들이 창을 들고 찌르고 피를 흘린다. 그가 사랑하는 그의 벌레들이다.

아들은 가상의 벌레들을 좋아한다. 외출에서 돌아오면 컴퓨터부터 켜서 벌레를 우르르 불러놓은 후에야 옷을 벗기 시작한다. 바짓가랑이를 빼면서도 눈은 연신 벌레를 쫓는다. 벌레 역시 아들과의 소통을 즐기는 것처럼 보인다. 거침없이 찌르고 넘어져 보이는 품이 잘 훈련된 병정들 같다.

팔이 스멀스멀 가려워지기 시작한다. 알레르기성 가려움증이다. 컴퓨터 속의 벌레들을 볼 때마다 나타나는 현상이다. 살아있는 벌레들은 아들을 분노하게 하고 게임 속의 벌레들은 나를 가렵게 한다. 아들은 살아있는 벌레들을 적대시하고 나는 가상의 벌레들을 경계한다.

그런데 이를 어찌할까. 아들의 벌레를 무찌를 방도가 내게는 없다. 인터넷의 틈은 막을 도리가 없기 때문이다. 그것은 하늘 위에 있거나 땅속에 있는 세계다. 너무 높거나 너무 낮은 세상이다. 약을 바른들 무얼 찢어 붙인들 구멍을 막은들 소용이 없다.

아들이 컴퓨터의 볼륨을 높인다. 클라이맥스가 된 것이다. 엄마는 어지간하면 비켜달라는 신호 같기도 하다. 그는 온전히 컴퓨터 속의 벌레들과만 놀고 싶어 안달이 나 있다. 내가 모르는 황홀한 세상이 거기에 있다. 나의 손이 닿지 않은, 내가 추구하는 가치가 작용하지 않은 낯선 세계다.

가려움증이 점점 달아오르기 시작한다. 오늘 유난히 증상이 심한 것은 내 마음이 고르지 못한 탓이다. 온 집을 틈 하나 없이 밀폐시킨 상태에서도 활개 치고 다니는 그의 벌레들 때문이다. 약국 가서 약을 좀 사 먹어 볼까. 병원 가서 주사를 한 대 맞아야 하나.

눈치 봐서 의견을 물어 보려는데 아들이 불쑥 한마디 던진다. "왜 자꾸 긁으세요. 샤워하시죠." 나는 이미 그에게서 한참 밀쳐져 있다. 방해꾼이 된 것이다. 긁던 팔을 거두고 조용히 그의 곁을 물러난다.

목욕탕 문을 열다가 깜짝 놀랐다. 벌레의 울음소리인지 노랫소리인지가 배수구 쪽에서 들려왔던 것이다. 귀뚜라미다!

세상이 재미있는 것은 바로 이 의외성 때문이다. 아들이 추천한 전문가가 배수구의 틈을 놓친 것도 뜻밖이고 아직 한여름인데 어디선가 귀뚜라미가 나타난 것도 놀랍다. 부주의와 조급함이 환상적인 듀엣을 이루지 않았는가. 아니다, 어쩌면 틈이란 막아야 할 때도 있지만 방치함으로써 제 기능을 수행할 때도 있는 것이었다. 배수구의 틈은 막을 수 없는 틈이었던 것이다. 전문가이므로 그는 그것을 잘 알고 있었을 것이다. '틈'이 왜 '틈'인가. '트임'이기 때문이 아니던가.

나는 황급히 목욕탕 문을 닫았다. 집 안에 있는 아들은 위험 인물이다. 귀뚜라미의 출현을 눈치챈다면 바퀴나 개미의 전령사로 오해할 것이다. 용역회사에 전화를 걸어 충실치 못한 작업을 항의할 지도 모른다. 내일 한 번 더 마무리 작업을 요구할 수도 있다.

다행히도 그는 지금 한창 그의 방에서 사랑하는 벌레에 몰두해 있다. 그는 주로 가상의 벌레들과 친하고 그것들과 즐거움을 나누는 데 열중한다. 자기의 생활에 방해가 되지 않기 때문이라고 한다. 자기 원하는 시간에 자기 마음대로, 자기 방식대로 사랑할 수 있어 편리하다고 말한다. 나는 아들의 이기적인 사랑을 걱정한다. 배려가 없는, 연민이 없는 사랑을 사랑이라 할 수 있을까.

샤워기를 약하게 틀어 배수구에 가만히 걸쳐놓는다. 귀뚜라미에게 집 안에 '누군가 있음'을 연통한 것이다. 녀석이 나의 담합 제의를 눈치챈 모양이다. 울음을 그치니 순식간에 목욕탕 안이 조용해졌다. 머리가 좋은 녀석이다. 적군, 아군의 개념이 서 있지 않은가.

신기한 것은 나의 가려움증이다. 귀뚜라미를 본 순간 나의 가려움증은 사라지고 말았다. 스트레스성의 특징이다. 언제 그랬더냐 싶게 팔뚝이 말짱하다. 살아남은 '틈' 하나가 치료 역할을 한 셈이다.

"어머니, 저 나가요. 친구 만나요."

아들의 외출이 이렇게 반가울 줄이야. 시간은 나의 편이 되어줄 모양이다.

"응, 그래, 잘 다녀와."

나는 밝게 답하며 샤워기를 잠가 제자리에 건다. 에어컨을 끄고 집 안의 문을 있는 대로 열어젖힌다. 컴퓨터에서 그의 벌레가 사라지니 속이 다 후련하다. 이제 곧 나의 귀뚜라미가 울게 될 것이다. '틈'을 통해 힘차게 울어 젖힐 것이다.

여름

죽순

울산 태화강 둔치를 거닐다가 입이 딱 벌어졌다. 대나무 숲길 때문이다. 숲길은 무려 십 리나 이어져 있다. 하늘을 찌를 듯한 대나무의 숲길이 십 리나 뻗어 있다니!

십리대밭十里竹田은 일제강점기 때 큰 홍수로 태화강변의 논밭이 백사장으로 변하자 한 일본인이 이를 헐값에 사들여 대밭으로 조성한 거라고 한다. 지금은 국유지가 된 대숲의 안쪽은 깊이를 알 수 없는 굴속과도 같다. 숲을 끼고 곧게 난 길을 따라 걸으면 한여름에도 서늘한 기운이 도는데, 뿌리 쪽에서 난 죽순이 기세 좋게 인도를 향해 뻗어 나오고 있다. 우후죽순雨後竹筍이라더니 요 며칠 내린 비 때문인가 보다.

곳곳에 세워 놓은 '죽순 채취 금지' 팻말을 읽다 보니 까마득히 잊고 있었던 기억 하나가 떠올랐다.

신혼 때였다. 결혼 전에 남편과 혼담까지 있었다는 여인이 집으로 찾아왔다. 여자고등학교의 가정 선생이라는 그녀는 시어머니에 시할머니까지 모시고 사는 나의 신혼집에 들어서자마자 친척 집에라도 온 듯 스스럼없이 선물 보따리를 풀어 놓았다. 죽순이었다.

　나는 좀 의아했다. 상식적으로 신혼집에는 꽃이나 과일, 아니면 케이크 정도가 무난할 것이다. 죽순이라면 전문 요릿집이나 술집 같은 데서나 쓰이는 식재료가 아닌가. 더구나 나는 그녀와는 달리 대학 졸업과 동시에 시집온 풋내기로서 죽순 요리는 해 보지도, 먹어 보지도 못한 형편이었다.

　"지금이 죽순 철이라서요. 연하고 향이 좋아 조금 사 와 봤어요."

　어머니에게인지 남편에게인지 교태 섞인 표정으로 말한 그녀는 엉거주춤 서 있는 나를 향해

　"죽순 볶음 해 보셨죠? 술안주로 일품인데~. 제가 도와 드릴까요?"

　부엌에서는 희한한 광경이 펼쳐졌다. 도마와 칼과 불을 장악한 그녀는 오래된 안주인처럼 분주하게 죽순을 다루는데 정작 주부인 나는 손님처럼 그녀의 왼쪽에 붙었다가 오른쪽에 서 있다가 했다. 그 모습을 본 시어머니와 남편의 난감해하는 표정에서 나는 그녀가 왜 찾아왔는지를 짐작할 수 있었다. 확인하고 싶었던 것이었다. 나보다 자신이 훨씬 세련되고 음식 솜씨까지 좋은 여자라는 것을. 자신이 남편을 놓친 것이 아니라 남편이 자신을 놓친 것이라는 사실. 그녀는 직접 확인하고, 남편에게도 각인시키고 싶었던 모양이었다.

　그녀가 왜 그토록 헤어진 남자의 신혼생활을 눈으로 직접 보고 싶어했는지는 정신분석가 라캉이 설명한다. 라캉은 오래전부터 '인간은 금지된 것을 욕망한다'고 주장해 왔다.

우리는 누구나 마음속 깊이 천형과도 같은 욕망덩어리를 끌어안고 있다. 작은 구멍이 뚫려 있는 어느 공사장 외벽에 '들여다보지 마시오'란 문구가 적혀 있을 때 '들여다보지 말라고 하니 보지 말아야지'라며 가볍게 돌아서는 사람은 많지 않다. 들여다보는 것을 금지했기 때문에 더욱 보고 싶다는 욕망이 우리를 사로잡는다. 나에게서 비롯되었으나 나조차도 어쩔 수 없는, 탕아처럼 밖으로 나도는 욕망이다. 떠난 남자에 대한 그녀의 욕망 또한 그가 딴 여자의 남자가 된 순간 꿈틀거리기 시작했는지도 모를 일이다. 그녀는 어쩌면 외벽 구멍을 통해 금지된 것에 대한 자신의 욕망을 들여다본 것이 아니었을까.

　그날의 선물이 하필이면 죽순이었던 것도 우연이 아닐 터이다. 죽순은 대[竹]에서 나온 욕망의 결과물이다. 대[竹]에서 나왔으되 결코 대[竹]의 제재를 받지 않는 것이 죽순이다. 그것은 휘어지지도, 접혀지지도, 말아지지도 않는다. 호시탐탐 대나무로부터 멀리, 제 갈 길로 뻗어나간다. 비라도 오면 반란의 기세는 배가된다. 담합이라도 한 듯 한 뼘씩이나 땅 위로 불쑥불쑥 솟아오른다.

　사람들은 이 틈을 놓치지 않고 어린 죽순을 채취하여 도시의 식당으로 팔아넘긴다. '죽순 채취 금지' 팻말은 역설적으로 빈번한 불법 채취를 증명하는 것이다. 팔려나간 죽순은 주로 중국요리에 많이 쓰인다. 자체의 맛이 있는 듯도 하고 없는 듯도 한 그것은 탕湯의 경우 톱니 모양으로 나붓나붓 썰어져 국물 맛에 기여한다. 볶음이나 무침에서는 은근히 자신을 과시하며 자기 존재를 증명하기도 한다. 주연이면서 대체로 조연이고, 조연인가 하면 때로는 주연이다. 우리 안의 욕망이 그러하듯이.

　날이 저물자 태화강은 일제히 불을 밝히기 시작한다. 어린 죽순이 숨 쉬는 대숲에도 곳곳에 상향등上向燈이 켜진다. 드문드문 놓인 벤치에서는 연인들의 시간이 머무는데, 눈을 들면 멀리 강을 가로지른 다리가 보인다. 낮 동안은 나룻배도 움직였던 모양으로 뱃삯과 시간 안내판도 눈에 띈다.

　이제 대숲도 밤의 얼굴을 보여주기 시작한다. 숲은 마치 고대와 중세를 거슬러 온 듯 아득하다. 그것은 이미 도시와 강을 벗어나 먼 곳에 닿아 있다. 강 너머에서는 최신식 회전 레스토랑이 불빛을 반짝이며 유혹하는데, 숲은 고단한 몸을 누이며 휴면을 준비하고 있다.

여름

맥주 한 잔

맥주 한 잔을 즐기는 편이다. 상황에 따라 다른 술을 마실 때도 있지만 불현듯, 간절히 한잔하고 싶을 때는 맥주일 때가 대부분이다. 그럴 때는 그야말로 딱 한 잔이 제격인데, 캔이거나 병이거나 한 잔을 넘기 일쑤여서 불편할 때도 있다. 양을 조금 줄여서 값도 약간 내리면 좋을 텐데 왜 그렇게 안 하는지 이해가 잘 안 간다. 남은 술을 버리기도 무엇해서 다 마시게 되면 속도 편치 않고 기분도 좋지 않다.

시집 살 때 어느 순간 간절히 맥주가 한 잔 마시고 싶어 혼자서 캔을 뜯은 일이 있었다. 딱 한 잔만 하고 나머지를 책으로 잘 덮어 놓았는데, 나중에 보니 못쓰게 되고 말았다. 그 후로는 누군가를 붙들고 함께 마시게 되었다. 대상이 아들일 때도 있었다.

아들이 고3 때 야간자습 후 집으로 데리고 오던 중 포장집에서 맥주 딱 한 잔만 하고 싶었다. 나는 아들에게 냄비우동 한 그릇 사 주마고 꼬드겨 포장집으로 데리고 들어가서 맥주도 한 병 시켰다. 그 한 잔이 얼마나 맛이 있던지!

남은 술을 아들이 마시고 기분 좋게 집으로 들어왔는데, 옷을 벗던 아들이 빙긋 웃으며 엄마는 내일 모의고사 치는 아들을 술 먹인다고 흉을 보았다.

　요즘은 제법 꾀가 나서 남은 술을 화초에 주기도 한다. 화초 역시 혈액순환이 필요하여 물에 타서 주면 좋아한다. 비록 맥주 한 잔이라도 취향이다 보니 나대로의 기준 비슷한 것도 있다. 그 첫째가 맥주잔이다.

　나는 맥주를 시킬 때 '깜짝 놀랄 만큼 차가운' 술을 주문하는데, 잔도 역시 차가운 것을 원한다. 단골집에서 주는 살얼음이 살짝 낀 차가운 잔을 보면 기분까지 짜릿하여 술 맛도 좋다.

　그다음이 안주이다. 맥주에는 역시 마른안주나 과일, 또는 야채나 건어 종류가 제격이다. 음식이나 술에도 궁합이 있는 모양이라 얼큰하고, 맵고 짠 국물류 안주는 소주에 더 어울리지 않을까 한다. 그러다 보니 안주류 음식을 보면 어울리는 술을 연상하는 버릇이 있다. 감자 칩을 보면 양주가 생각나고, 대구찜을 보면 정종이 생각나는 식이다.

　어느 명절 무렵 친정에 갔더니 선물 들어온 것 중에 나막스가 끼어 있었다. 탐을 내는 나를 보고 친정엄마가 그건 도대체 어떻게 해 먹는 반찬이냐고 물었다. 튀기거나 찜을 하면 술안주로 일품이라고 대답했더니 아이들이 엄마는 무슨 반찬이든지 술하고 연결시킨다고 하여 한바탕 웃었다. 웃는 바람에 밥 먹다가 물 더 가져오라는 말을 술 더 가져오라고 잘못 말하여 다시 또 웃음이 터졌다.

　작년에는 친구들과 넷이서 해외여행을 가게 되었다. 비행기 안에서 마실 것을 제공하는데 생수와 몇 가지의 주스 옆에 놓인 캔맥주가 나의 눈에 들어왔다.

나는 순간 호텔에 가서 냉장고에 넣었다가 샤워 후 한잔하면 좋겠다는 생각이 들었다. 주스 대신 맥주 하나를 받았다. 그것을 보던 두 친구도 캔맥주를 하나씩 챙겼는데, 받고 보니 보관 방법이 애매하였다. 주머니에 넣었다가, 가방에 넣었다가 제법 분주하였다.

문득 한 친구가 '기내 음식을 밖으로는 못 가져갈 것'이라는 의견을 제시하였다. 참으로 현명하고 올바른 지적이었으나 우리는 갑자기 복잡해졌다.

맥주를 어떻게 돌려줄 것인가. 무어라고 설명하며 돌려줄 것인가. 다른 친구가 '사실대로' 말하자고 제안하였다.

사실대로 어떻게? 숨기고 나가서 호텔로 가져가려 했다고? 궁리 끝에 우리는 설명을 하지 않기로 하였다. 스튜어디스가 지나가자 조용히 맥주를 돌려주었다. 그저 말없이 교양 있게 웃으면서….

잠시 후 스튜어디스가 맥주 4캔을 다시 가져다주었다. 차가운 걸로 바꿔 달라고 이해한 모양이었다. 만지작거리다가 따뜻해져 버린 아까 것과는 달리 '깜짝 놀랄 만큼' 차가운 맥주였다. 안주용인지 땅콩도 조금씩 나누어 주었다.

우리는 은밀한 미소를 교환하며 건배를 나누었다.

세상에는 이런 비밀도 있는 것을….

맥주는 얼음처럼 차갑고 맛이 있었다.

대니 보이

군에 간 아들에게서 소포가 왔다. 편지와 사물私物이다. '대한민국 국방부'라 인쇄된 편지지에는 이번 주말 훈련 기간을 마치면 자대 배치가 있을 거라고 쓰여 있다. 나는 편지에 코를 박고 두 번, 세 번 되풀이 읽었다. 배고프지는 않았는지, 훈련이 힘들지는 않았는지 탐색견처럼 행간을 살피며 냄새를 맡았다. 사물은 입대할 때 입고 간 옷과 운동화였다. 손을 댄 순간 눈물이 핑 돌았다.

아들 방의 문을 열었다. 침대와 책상이 그대로 있었다. 훈련 기간 동안 나는 줄곧 아들 침대에서 잠을 잤다. 아들 컴퓨터를 두드려 보기도 하고 아들 책장에서 책을 꺼내 뒤적여 보기도 했다. 오늘은 MP3를 귀에 꽂아 보았다. 「대니 보이」가 흘러나왔다. 입대하기 전 듣고 있었던 모양이었다. 알토 색소폰에 가슴이 울컥했다.

「대니 보이」는 조국의 자유와 독립을 되찾기 위해 집을 떠나는 아일랜드 젊은이들의 노래이다. 아일랜드는 무려 800년 동안이나 영국의 지배를 받았다. 「대니 보이」의 구슬픈 가락에는 집 떠나는 아들의 뒷모습을 지켜보는 어머니의 슬픔이 짙게 배어 있다. 우리나라의 「아리랑」처럼 민요가 되어버린 「대니 보이」. 오랜 식민 통치로 모국어조차 기억하는 사람이 없어 영어로 부르게 된 「대니 보이」. 세월이 흘러 아일랜드는 결국 독립했지만 「대니 보이」가 처음 나온 북아일랜드의 데리는 아직 영국령이다.

'저 목장에는 여름철이 가고 / 산골짝마다 눈이 덮여도
나 항상 오래 여기 살리라 / 오, 대니 보이 오, 대니 보이 내 사랑아'

나는 「대니 보이」를 듣고 또 들었다. 집 떠날 때의 아들의 모습이 떠올라 눈시울이 뜨거워졌다. 그러다 문득 MP3를 귀에서 뽑았다. 책꽂이 속에서 버려진 사과 꼭지를 발견했기 때문이다. 아들의 나쁜 습관이었다. 게으른 데다 산만하고 정리정돈에 등한했다. 신체검사 결과가 1급으로 나와 현역으로 간다고 했을 때 속으로 은근히 반기지 않았던가. 「대니 보이」는 무슨. 지금이 식민지 시대도 아니고.

나는 말라 비틀어진 사과 꼭지를 치우고 소포로 보내온 옷을 세탁기에 넣었다. 흙 묻은 운동화를 대야에 담고 비누솔로 북북 문질러 빨다 보니 다시 그 슬픈 멜로디가 가슴에 차올랐다. 대니 보이, 내 사랑.

가을

썸

썸은 영어의 썸딩something에서 나온 말이다. 남녀 간의 묘한 기류를 일컫는 말로 연인으로 이르기 전 '내꺼인 듯, 내꺼 아닌, 내꺼 같은 너'를 두고 '썸을 탄다'고 한다.

어느 시인이 말한,

'내가 그의 이름을 불러 주었을 때 그는 나에게로 와서 꽃이 되었다'는 것과 같은 맥락이다. 썸은 누구의 입에서 태어났을까. 우리는 언제 썸을 타서 누군가에게 꽃이 될까.

남해의 아침 바다는 얌전했다. 지난밤 문학 행사 후의 뒤풀이로 따끈한 커피 한 잔이 간절한 아침이었다. 주최 측이 준비한 믹스 커피는 있었으나 물을 끓일 주전자가 없었다. 남녀회원들이 머리를 짜도 방법이 없어 서로의 얼굴만 쳐다보고 있었다.

샤워를 마친 J가 긴 머리를 털며 나오더니 밥솥에 물을 붓고 전원을 넣었다. 놀라운 발상이었다. 순식간에 김이 오르며 물이 끓기 시작했다. 밥공기에 커피 가루를 담고 국자로 물을 뜨니 훌륭한 커피가 완성되었다.

가을

상남자 K가 숭늉을 마시듯 단숨에 들이켜더니 한 잔을 더 청했다. 지난밤 토론회에서 J에게 언성을 높였던 일도 잊은 모양이었다. 남자 끼리였다면 주먹이라도 날아갈 듯 험악한 분위기가 아니었던가.

J 역시 건망증이 있는 모양이었다. 천상 여자의 얼굴로 토론회의 일을 잊은 듯 조신하게 커피를 따르니, K가 보기 좋게 그것을 마셨다.

남해의 아침은 동해와 달랐다. 꿈을 꾸듯 안으로 비밀을 삼키며 끝없이 망망대해로 펼쳐져 있었다. 여명이 수평선을 물들여 가는 것으로 보아 해가 곧 뜰 모양이었다.

우리는 일제히 산책을 위해 자리에서 일어났다. 떠오르는 해를 보며 바닷가를 한참이나 거닐다 보니 J와 K가 보이지 않았다. 테라스에 남아 둘이서만 해맞이를 하고 있는 모양이었다. 어젯밤의 미진한 토론을 다시 시작했는지, 서로의 꽃이 되기 위해 썸을 타는 중인지는 확인되지 않았다.

가을 소묘

가을밤 귀뚜라미 소리는 우는 것인지 노래하는 것인지 궁금할 때가 있다. 베짱이와는 같은 곤충과인데 왜 베짱이는 노래한다고 하고 귀뚜라미는 운다고 할까. 번식을 위해 수컷이 암컷을 부르고 있는 거라면 노래를 불러야 제격이지 않을까. 낯선 암컷에게 세레나데를 들려줘야 하는 마당에 울기부터 해서야 수컷의 체면이!

귀뚜라미도 감정이 있는 동물이니 울 때도 있고 노래할 때도 있을 것이다. 두 날개를 비벼서 내는 소리가 아무리 단순하다고 해도 울음과 노래는 분명 차이가 있을 터이다. 정성을 바쳐 노래하는 귀뚜라미의 구애를 우리가 혹, 우리 마음대로 울음으로 단정하는 건 아닐는지.

가을꽃이 피는 것은 생존일까, 문화일까. 벼가 자라던 넓은 들에 곡식을 침범한 꽃들이 설쳐대기 시작했다. 관광객 유치를 위한 지자체들의 고육책이다. 길가에서 한들한들 손님을 맞던 코스모스도, 산자락에 다소곳이 피어 열매를 맺던 메밀꽃도 임의로 만든 꽃 단지로 대이동을 했다. 집단을 이룬 꽃들이 연일 거대한 군무群舞를 펼친다.

"와아, 대단하네!"

대형버스에서 내린 손님들의 찬사에 코스모스는 길을 버리고 메밀꽃은 산을 버렸다. 꽃들도 머리를 쓰기 시작한 것이다. 생존을 분석하고 문화를 엿보게 되었다. 이제 꽃들에게는 벌[蜂]이 아닌 인간이 보인다. 벌은 생존이지만 인간은 권력이다. 그들은 전능하다. 씨를 뿌려주고 번식을 보장한다. 바람이 부는 것은 유혹인가, 폭력인가. 넓은 들에 슬그머니 가을바람이 찾아든다. 꽃들이 일제히 바람을 품고 몸을 흔든다. 남자친구를 따라 나온 소녀가 메밀꽃에 코를 댄다.

"지린내 나."

메밀꽃은 장미나 채송화가 아니다. 열매를 맺어 양식이 되어야 하는데 어찌 향내만 있을까. 짓궂은 바람이 짠내나 지린내를 흔들었을 수도 있을 것이다. 소년이 달랜다.

"메밀꽃 향기는 원래 그래."

코스모스 단지에서 소년, 소녀가 사진을 찍을 모양이다. 처음 만난 내게 스마트폰을 맡기더니 부리나케 손을 잡고 꽃 속으로 들어간다. 시市에서 포토존으로 지정해 놓은 곳이다.

"에구머니나!"

포즈를 취하다 말고 소녀가 외마디 소리를 지른다. 소년도 놀라 소녀를 돌아다본다. 소녀가 한 발을 들고 자신의 발에 밟힌 물체를 가리킨다.

"귀뚜라미네."

소년이 무심히 귀뚜라미를 집어 멀리 던져 버린다. 여자 친구를 불편하게 한 벌罰일 것이다. 눈치 없이 꽃 더미 속에서 무얼 하다 밟혔는지 아무도 묻지 않았다. 울었는지 비명을 질렀는지 나도 듣지 못했다.

커피 칸타타

내 이럴 줄 알았다. 집에서 새는 바가지가 밖에선들 무사하랴. 이번에는 커피다. 데이트 나갔던 딸아이가 찬바람을 일으키며 제 방으로 쌩 들어간다. 엄마 등쌀에 세 번이나 만났는데 만날 때마다 자판기 커피만 권하더라는 것이다. 식사비에 버금가는 커피는 사치라는 주장이었다고 한다. 딸은 커피를 음식값과 비교하는 남자가 불편했고, 남자는 여자의 커피 선호가 거북했던 모양이다. 난감한 일이다. 화성 남자와 금성 여자가 만난 건가.

젊은 날의 내 모습이 떠오른다. 둘만의 오붓한 자리를 마련한 남자가 다방에서 커피를 시켰을 때였다. 오후였는데도 남자는 '모닝커피'란 것을 시켰다. 커피에 계란 노른자를 띄워주는 '특커피'였다. 그의 입장에서는 여자에게 비싸고 좋은 것을 사주고 싶었는지도 몰랐다. 그러나 나는 평소에도 날계란이 싫었다. 비릿한 맛이 커피에 섞이는 건 더욱 싫었다. 커피 한 잔에서조차 영양가를 따지는 남자도 재미없었다.

난처했던 일은 그다음에 일어났다. 상식적으로 계란 노른자는 스푼으로 조용히 떠서 한입으로 먹는 법이다. 그런 다음 커피는 커피대로 마시면 될 일이다. 그런데 남자는 스푼으로 노른자를 깨뜨리더니 커피를 훌훌 젓는 것이 아닌가. 순식간에 커피는 커피 죽이 되고 말았다. 그는 그것을 입가에 몇 방울 묻혀가며 허겁지겁 떠먹었다. '아, 그 코믹하고 갑갑한 모습이라니!'

딸아이가 제 방에서 비디오의 볼륨을 높인다. 하필이면 바흐의 '커피 칸타타'다. 영주領主의 딸이 시집은 안 가고 커피를 마시는 데만 정신이 팔려있다. 영주가 단단히 화가 났다.

"아, 이 몹쓸 딸 같으니! 커피 좀 그만 마시고 시집이나 가라니까!"

"오, 아빠 그런 말씀 마세요. 커피를 못 마시면 나는 아마 구운 염소고기처럼 쪼그라들고 말 거예요. 천 번의 키스보다 더 달콤하고 맛있는 이 커피를!"

똑! 똑! 아이의 방문을 연다. 쟁반 위에 에스프레소 두 잔을 준비했다. 원두를 그대로 농축하여 진하고 쓴맛이다. 비디오를 끄고 아이 옆에 앉아 눈을 맞춘다.

"요즘은 애견 카페에서도 커피 향내를 풍겨 개들이 신났다네요."

아이가 내 눈치를 보며 선수를 친다.

"자판기 커피도 취향이야. 바흐도 달짝지근한 일회용 커피를 좋아했다더구만."

에스프레소를 한 모금 마신 딸이 얼굴을 찡그린다. 바로 이때다! 주먹을 들어 딸의 머리를 힘껏 쥐어박는다.

"인생이 본디 쓰디쓴 거다. 아무려면 남자가 커피보다 못할까."

오래된 라디오

집안 물건을 정리하다 보니 라디오가 3대나 있는 것을 알았다. 아이들이 초, 중등학생일 때 쓰던 것들이니 대충 20년은 넘긴 물건들이다. 어느 것이 누구의 것인지는 알 도리가 없다. 아이는 4명인데 라디오는 3대이니 당연한 일이다.

라디오의 성능을 점검해보니 거기가 거기였다. 라디오 A는 대체로 FM이 잘 나오는 대신 AM이 시원찮고 라디오 B는 그 반대였다. 라디오 C는 소리는 제일 시원치 않은데 셋 중 모양이 가장 세련되고 예뻤다. 나는 분야별로 라디오의 채널을 고정시켜 놓았다.

식사 시간이나 신문을 볼 때는 라디오 A에서 클래식을 즐긴다. 청소를 하거나 집안일을 할 때는 라디오 B의 다양한 프로그램이 적당하다. 무슨 규칙같이 정해진 것은 아니나 나의 생활 패턴이 대체로 그러하다.

나에게 정해둔 규칙이 없듯이 그 녀석(라디오)들 또한 마찬가지다. FM이 잘 나오던 A가 어느 날은 오케스트라가 헝클어지고 야단법석을 떨어서 AM으로 채널을 옮겼더니 순한 양처럼 깨끗한 소리를 내보

낸다. B 또한 마찬가지이다.

한번은 발코니 청소를 열심히 하고 있는데 밖에서 들어온 아들이 물었다. 엄마 요즘 미국방송 듣느냐고. 라디오 B가 방송 도중 제멋대로 미국으로 건너간 모양이었다.

보다 못한 아들이 오디오를 하나 사라고 돈을 조금 주었다. 백화점에 갔더니 오디오의 종류가 많기도 할뿐더러 책 한 권 분량의 사용설명서가 나를 질리게 했다. 포기하고 돌아와서 라디오 한 대를 켜니 그 어느 때보다도 상태가 좋았다. 나머지 두 대도 의논이라도 한 것처럼 소리가 깨끗했다. 기분이 좋아져서 커피를 뽑다 보니 오래전 친구의 남편이 하던 말이 떠올랐다.

그는 대단한 클래식 마니아였다. 70년대 결혼했을 때 신혼집에 자신의 음악 감상실을 가지고 있을 정도였다. 벽을 꽉 채운 레코드판에다 어마어마하게 비싼 음향기를 갖춘 그 방에서 나는 단 한 대의 라디오를 보물처럼 끼고 사는 나의 초라한 삶을 슬퍼했다.

집 구경하느라 그의 서재에 들렀을 때 책상 위에 오래된 라디오 한대가 놓여있는 것을 보았다. 중학생 때부터 지금까지 애용하는 것이라고 했다. 저렇게 좋은 감상실을 가지고 있는 사람이 고물 라디오를?

나의 표정에서 의문점을 발견했는지 그가 말했다.

"결국은 모노로 돌아가게 되어 있어요. 감상실은 아주 가끔 이용합니다. 오늘처럼요, 하하."

나는 순간 학창 시절에 읽었던 임어당의 에세이 한 편을 기억해 냈다. 제목도 생생한 '치약은 왜 샀던가'이다.

　주인공은 양치할 때 소금을 사용하고 있었다. 이를 본 한 친구가 '치약'이라는 것이 개발되었으니 써 보라고 권유한다. 시키는 대로 하다가 신문에서 치약도 여러 종류가 있음을 발견한다. 어떤 사람은 이것이 좋고 어떤 사람은 저것이 좋다 한다. 권하는 대로 온갖 치약에 끌려 다니던 중 어느 날 한 연구 결과에서 치약 성분의 대부분이 결국은 소금 성분임을 발견한다. 주인공은 다시 소금으로 돌아가게 되었다는 내용이다.

　젊은 날에 모노mono를 이해한 그의 혜안이 놀랍다. 나도 한때 휴대폰 액정에 'Simple is Beautiful'이라고 새겨 다닌 적이 있었다. 간절히 '단순한 삶'을 지향한 것도 사실이지만 일말의 허영심도 있었음을 부인할 수 없다. 왜냐하면 아름다운 '단순'은 수많은 '복잡'의 단계를 거쳐야 가능한 것인데 나는 늘 '복잡'의 첫 단계에서 허우적거리고 있었던 것이다.

　이제 나는 오래된 라디오에서도 어찌할 수 없는 '복잡'을 본다. 너무 많은 채널과 기능을 가진 녀석들은 나의 손가락이 전원을 누를 때마다 몸살을 앓는다. 1밀리의 착오만 생겨도 지지지직 아우성을 치고, 두 개의 방송이 섞여서 시장터를 방불하게 할 때도 있다.

　나 또한 그것들과 다름이 없으리. 내 속에 너무 많은 나를 가지고 있어 조금만 어긋나도 상처를 입는다. 언제쯤이면 위풍당당하게 모노로 돌아갈 수 있을까. 오래된 집에, 오래된 라디오와 오래된 사람이 서로의 '복잡'에 발목을 잡혀 낑낑거리며 살아가고 있다.

　가을

달의 진화

올 추석은 손님이 많지 않았다. 대부분의 딸네들은 시집을 갔고, 아들네들은 유학을 가거나 취직을 하여 제사 참석이 쉽지 않았다. 어른들 또한 모두 작고하여 이제는 아흔이 넘은 시어머님 혼자뿐이었다. 며느리들이 무대 위로 올라온 것이었다. 이끌어 줄 선배도 없이, 박수 쳐 주는 후배도 없이.

설거지를 돕던 아들이 선심 쓰듯이

"저녁에는 보름달이나 보러 갈까요?"

한다. 그 순간 나는 왜 수성못을 떠올렸을까.

못 한복판에 높이 떠 있는 보름달, 달, 달.

세상을 떠난 남편은 연애 시절 유난히 수성못을 고집했었다. 당시만 해도 수성못은 유원지라기보다는 그냥 '못'일 따름으로, 손잡고 못둑을 돌고 있노라면 그 순간, 그 공간에 우리만 남겨진 것 같은 설렘이 있었다. 우리는 애써 친근함에서 벗어나고자 영화음악 알아맞히기 따위의 게임을 하며 걸었다. 아마도 비슷한 수준이었던 듯 난이도를 높여 작곡가 알아맞히기도 했던 것 같다.

마지막 코스는 〈호반벤치〉.

수성못 유일의 레스토랑이었는데, 집 주위의 나무와 벤치가 좋았다.

어느 봄, 유난히 달 밝은 밤에 우리는 그 벤치에 앉아 있었다. 달이 못 한복판에 둥실 떠 있었는데, 어린 시절과 초등학교 때 이야기 정도 나누지 않았을까.

다시 또 늦가을.

가랑비가 오락가락하던 저녁 무렵, 무엇 때문이었는지 나는 좀 토라져 있었고, 달래던 그는 나무에 기대어 노래를 흥얼거리기 시작했다. 제목도 기억 안 나는 노래.

아들과 함께 간 〈호반벤치〉에는 2층 건물이 들어서 있다. 벤치가 있던 자리는 주차장이 되어 있고, 나무는 베어버린 듯 흔적도 없다.

내가 눈어림을 하며 기억을 더듬는 동안 어느덧 그때의 아버지 나이가 된 아들은 추석 특별 행사로 펼친 레이저 분수 쇼에 관심을 보인다.

"프로그램이 다양하네. 저기 저 자리가 좋겠다."

너무도 간단히 〈호반벤치〉를 벗어난 우리는 못 주변을 돌기 시작한다.

"달은 어디 있나?"

"저기 있네요. 뒤를 보세요."

무심한 아들은 달을 등지고 걷게 하여 우리는 마치 일방통행 길을 잘못 든 사람들 같다. 아들은 쇼에 마음을 빼앗기고, 나는 연신 뒤를 돌아본다.

"달을 안고 가야 하는데…."

"가다 보면 안게 되겠지요. 어차피 한 바퀴 돌 거니까."

달은 계속 등 뒤에 머물고, 못 한복판에는 한가롭게 오리배가 떠 있다. 유람선인 듯 배 주위에 빨간 장식등들이 무수히 달려 있다.

우리는 센강과 홍콩의 야경 이야기를 하면서 천천히 못 한 바퀴를 돌아본다. 다시 〈호반벤치〉.

"그러니까 저쪽으로 돌아야 하는 거구나. 달을 안고 가려면."

아들이 무안한 듯 씨익 웃더니 '술 한잔할까요?' 한다.

술과 안주를 시킨 아들은 분주하게 휴대폰을 받고, 걸기도 한다. 전공의專攻醫 과정이라 연락할 일도 많고, 체크할 사항도 많은 것이다. 아버지에 비해 활달하고 자유분방한 성격이다. 아버지로부터 비롯되었으나 아버지와 다르고, 아버지와 다르나 아버지가 숨어 있다. 전화 도중 응급실 수련의를 거칠게 다루기에 나무라는 것을 시작으로 대화는 자연스럽게 병원 생활로 접어든다. 의국 이야기, 환자들 이야기.

그가 살아 있다면 우리는 무슨 이야기를 했을까.

추석 음식과 손님들 이야기를 하지 않았을까.

선거나, 해외여행에 관한 이야기를 했을지도 모른다. 달을 등지게 한 아들의 무심함을 나무랐을지도 모르고….

"아버지와 여기 자주 오셨다면서요? 많이 달라졌죠?"

"응. 커다란 나무가 없어졌네. 나무에 기대어 노래도 부르셨는데."

아들 얼굴에 잠시 장난기 어린 기운이 스치더니,

"어떤 노래요?"

"기억 안 나. 사중창단의 노래였는데…."

사중창단을 보컬그룹 정도로 생각하는 아들은,

"비틀즈? 비지스? 오래된 그룹에 또 뭐가 있죠?"

나는 웃고, 고개를 저어 기억하기를 포기한다. 이름이 대수던가. 그들은 이미 저 달 뒤로 사라졌다. 노래도, 나무도, 벤치마저도 사라졌다.

술을 몇 잔 마신 아들이 창밖을 보며 가만히 노래를 흥얼거린다. '달의 몰락'이다.

나를 처음 만났을 때에도 그녀는 나에게 말했지.

탐스럽고 이쁜, 저 이쁜 달….

그녀가 좋아하는 저 달이 지네.

달이 몰락하고 있네.

시간만큼 엄격한 것이 세상에 또 있을까.

어느덧 밤은 깊어 레이저쇼는 그쳤다.

못 한가운데 보름달만 덩실 떠 있는데, 달은 그러나 몰락하지 않았다.

진화하고 있는 중이다.

가을

심초석

소 한 마리도 그려본 적이 없는 사람이 한국미술사 공부 모임에 들어갔다면 '소가 웃을 일'이다. 그러나 그 모임에서는 그림은 그리지 않는다고 했다. 시험도 치지 않는다고 했다. 이름 그대로 한국미술의 흐름을 공부한다기에 들어갔더니 한 학기 내내 PPT로 탑塔만 보여주었다. 신라탑, 고려탑, 목탑, 전탑, 석탑 등을 보다가 오늘은 단체로 버스를 내어 경주 일원으로 탑을 직접 찾아 나섰다. 그중에서도 내 눈을 끈 것은 황룡사 9층 목탑이었다.

동양 최고의 목조 건물이었다는 황룡사 9층 탑은 지금은 소실되어 황량한 절터만 남아있다. 진흥왕에서 진평왕을 거쳐 선덕여왕에 이르기까지 100여 년에 걸쳐 완성했으나 몽골 침입 때 한순간에 불타고 말았다. 9층 탑의 '9'는 '많다' 혹은 '극極'을 의미하여 주변 9개 나라를 모두 아우르는 신라 중심의 우주관을 표현했다지만 먼지를 일으키며 말을 달려 침범해 오는 몽골군에게는 역부족이었던 모양이었다. 탑은 온데간데없고 지금은 광활한 빈터에 주춧돌만 남아있었다. 초겨울이라 스산한 날씨에 바람까지 불어 해설사의 희끗희끗한 머리

칼을 흩어 놓는데, 눈을 확 끌어당기는 것이 있었다. 드문드문 주춧돌이 보이는 한가운데 우뚝 선, 무려 30톤이나 된다는 돌덩어리였다.

"잘생겼지요? 심초석心礎石입니다. 탑 기둥의 기초가 되는 돌이지요. 몇 년 전 이곳이 발굴될 때…."

해설사는 심초석을 부드럽게 쓰다듬으며 눈을 먼 곳으로 주었다. 탑이 불탄 지 740년 후의 발굴 현장이었다. 그는 이마에 깊은 주름을 잡으며 당시를 회상했다.

"이걸 들어 올릴 때 저는 심장이 멎는 줄 알았지요."

포클레인 기사가 30톤 무게의 심초석을 들어 올리자마자 조사원들이 겁도 없이 돌 아래로 들어간 것이었다. 심초석을 제자리에 내려놓을 때 잔존 유물이 파괴되는 걸 우려해서였다. 돌이 얼마나 무거웠던지 들고 있던 포클레인이 휘청거릴 정도였다. 그들은 위험을 무릅쓰고 돌 아래로 몸을 던져 조상들의 유물을 샅샅이 훑었다. 예상은 적중했다. 심초석이 놓였던 자리를 파 들어가자 청동거울과 금동 귀고리, 청동 그릇, 당나라 백자 항아리 등 3,000여 점의 유물이 한꺼번에 쏟아졌다. 탑을 세울 때 귀족들이 사용하던 장신구와 부처에게 바친 공양품과 액땜을 위해 땅속에 묻은 예물들이었다.

설명이 끝나 일행이 자리를 뜨는 동안 나는 혼자 천천히 돌에게로 다가갔다. 너무 크고 무거운 나머지 제아무리 몽골군이라도 훔쳐갈 수 없었을 돌이었다. 1,400년 전 왕을 움직여 9층 목탑을 쌓게 한 이 돌은 어떻게 여기까지 오게 되었을까. 이 돌을 딛고 일어선 9층 목탑은 얼마나 늠름하고 당당했을까. 경주는 광활한 분지로 되어 있기 때문에 백성들은 어디서든 80미터나 되는 목탑을 바라볼 수 있었을 것이었다. 밭을 갈다가 나무를 베다가 아궁이에 불을 때다가 문득 하늘에 이르는 탑을 보기 위해 고개를 들지 않았을까.

해설사 또한 차마 자리를 뜨지 못하고 2010년 삼성물산이 시공한 버즈 두바이Burj Duai 칼리파 빌딩을 화제에 올렸다. 828미터나 되는 세계 최고의 건축물이었다. 그는 두바이의 원동력을 1,400년 전 황룡사 9층탑을 건설했던 한국 기술력의 DNA에서 찾아야 한다고 열변을 토했다. 또한 그는 2034년경에는 9층 목탑이 원래의 모습대로 복원되어 우리 민족의 위대한 기상과 우수성을 전 세계에 알릴 수 있는 좋은 계기가 될 것이라고 흥분했다.

인간이나 사물이나 그것을 있게 하고 떠받치는 심초석이 있기 마련이다. 현존하는 목탑 중 가장 오래되었다는 중국 불궁사의 목탑보다 무려 400년이나 앞서 건축되고 17미터나 더 높다는 황룡사 9층탑 또한 저 믿음직한 심초석이 사력을 다해 떠받치고 있었기에 가능했을 것이었다. 심초석이 있었기에 탑은 국민의 통일 염원을 모으는 구심점 역할을 하여 왕실과 백성이 혼연일체가 되는 시너지를 창출했으리라.

나는 미련하여 이순耳順에 이르기까지 나의 심초석을 인식하지 못했다. 나의 존재를 비나 물, 공기처럼 당연하고 마땅한 '자연현상'으로만 받아들였다. 이순에 이르러 비로소 부모님이라는 불가사의한 존재가 나의 모든 것을 떠받치고 있는 심초석임을 알았을 때 나는 그동안 한 번도 감사해 본 적이 없는 나를 자책했다. 나는 부모님에게 '감사하다'는 말을 하고 싶었다. 큰절이라도 올리며 나를 있게 한 부모님의 노고에 진심 어린 사랑을 전하고 싶었다. 그러나 부모님은 이미 이 세상에 계시지 않았다.

"뭐 하세요? 분황사로 이동한다는데요."

일행의 독촉을 받고서야 나는 자리를 떴다. 무거운 걸음으로 일행을 뒤따르며 몇 번이고 심초석을 돌아보았다. 돌은 말이 없었다. 말 없음으로 거기, 역사의 흔적만이 남아있는 자리에 하늘을 이고 묵묵히 서 있었다. 그것은 돌아가신 나의 아버지와 어머니의 모습이기도 했다. 부모님은 팔을 들어 어서 가라고 재촉하는 것 같았다. 나는 울컥하여 걸음을 멈추고 잠시 두 손을 모았다.

낭만의 오해

지금도 문득 생각한다. 어떻게 그런 일이 일어났을까. 나의 머릿속은 아직도 안갯속의 미로를 헤매고 있다.

대학원 세미나 시간에 토론 주제가 낭만주의였던 것은 정해진 교과과정이었다. 19세기 문예사조에 관심이 있던 나는 '낭만주의에 관한 오해'라는 제목으로 발제자가 되어 토론을 이끌고 있었다. '오해'라는 부분이 흥미를 끌었던지 학생들의 참여도는 높았다.

먼저 서구에서 18~19세기에 꽃을 피운 낭만주의가 한국에서는 100년 후인 20세기에 이르러서야 상륙하게 된 배경과 한국에서의 낭만주의가 갖는 상징성이 간단히 설명되었다. 한恨, 애수, 폐허, 절망, 그리움 등으로 요약되면서 파워포인트에 괴테의 「젊은 베르테르의 슬픔」이 뿌려졌다.

낭만주의의 대표작인 「젊은 베르테르의 슬픔」은 비극적인 사랑 이야기로 21세기를 사는 우리에게도 감동을 준다. 그 자신 약혼자가 있는 여인을 사랑하여 지독한 절망에 빠져들었던 괴테는 주인공인 베르테르를 통해 절대적인 사랑이 인간의 마음 안에서 치명적인 독이 되어가는 과정을 보여 주며 끝내는 죽음을 선택하게 한다. 작품을 읽은 많은 젊은이들이 베르테르에 매료되어 옷차림에서부터 말투, 몸가짐, 사랑에 상처입고 스스로 죽음을 선택하는 것까지 흉내 내는 현상이 일어나서 '베르테르 효과'라는 말이 생겼다던가.

토론이 한창 익어갈 무렵 노크도 없이 교실 문이 벌컥 열렸다. 행정실 직원이었다. 사색이 된 얼굴로 전하는 이야기, S의 자살 소식이었다. 30대 중반의, 방글방글 잘 웃던 단발머리 여학생이었다. 바로 어제 나하고 저녁을 같이 먹었었다.

"낭만에 대한 오해가 정말 오해일까요?" 그녀가 말했다.

"낭만의 주제는 원래 꿈, 자연, 인간이거든요. 20세기 한국으로 넘어오면서 허무, 절망, 애수로 변질되고 말았죠." 나의 대답.

"어느 것이 본질인지는 알 수 없는 거잖아요."

나는 그때 마음속으로 내일 세미나 시간의 질의자로 그녀를 찍었었다. 그런데 자살이라니!

교실 한쪽에서 우리를 지켜보던 지도교수가 울음을 터뜨린다. 집안일로 주말에 서울에 가 있었는데 S가 전화를 했더라고 한다. 상담을 좀 하고 싶다기에 논문 관련 의논인가 싶어 세미나 끝난 후 시간을 내겠다고 무심히 대답했는데, 일이 이렇게 심각한 상황인 줄 몰랐다며 가슴을 친다.

그러니까 S는 지도교수, 선배, 친구들, 심지어는 나한테까지 끊임없이 상처를 보이고 비명을 질렀건만 아무도 눈치채지 못했던 셈이다. 죽은 후 검색해 본 그녀의 컴퓨터에서는 스무 개 이상의 자살사이트가 접속되어 있었다고 한다. 모두 잠든 깊은 밤, 절망의 벼랑 끝에서 그녀가 선택한 삶의 포기는 무슨 의미였을까. 죽음의 미학이었을까, 극도의 염세였을까.

진실이 무엇이든 나의 입장에서는 마지막으로 나눈 그녀와의 대화를 떨칠 수가 없었다. 어느 것이 본질인지는 알 수 없는 게 아니냐고, 그녀는 말했었다. 토요일 오후. 그녀가 없는 한적한 캠퍼스의 벤치에 앉아 상념에 잠긴다. 장례식 때의 정경이 스크린처럼 눈앞을 지나간다.

가족들은 죄인 아닌 죄인이 되어 얼굴을 들지 못했고, 학우들인 우리 또한 각자의 입장에서 무관심을 자책했다. 그 누구도 사인死因에 대한 언급은 하지 않았다. 죽음을 선택한 사람을 두고 무슨 말을 할 수 있을 것인가?

장례식 내내 머릿속을 어지럽힌 건 오히려 날씨였다. 한 생명이 사라지는 순간에도 변한 건 아무것도 없어 보였다. 하늘은 맑고 비행기는 뜨며, 꽃들은 다투어 피어나고 있었다. 전날 내린 소나기로 관이 나가는 시간에는 하늘 끝자락에 무지개가 뜬 것 같은 착각마저 일었다. 저승으로 건너가는 다리였을까. 구약성서에 의하면 신이 더 이상은 홍수로 생명체를 멸망시키지 않겠다고 노아에게 약속한 표식이 무지개라고 했던가. 무지개가 희망의 상징이 된 배경일 터이다.

이 순간 번개처럼 스치는 생각이 있다 .

세상에서 가장 소중한 가치는 결국 생명이 아닐까. 그 속에 생성과

소멸이 있어 이렇게 시끌벅적 살아가고 있는 것을. 낭만은 소멸의 부추김이 아니라 생성의 강화이다. 평범한 것에는 신비를 보여주고, 익숙한 것에는 미지의 꿈을 부여한다. 유한한 것에는 무한의 가상을 제시하고, 화석화된 생명에게는 부활을 촉구한다. 어쩌면 낭만이 생명을 수호하는 마지막 동아줄이 될는지도 모를 일이 아니던가!

부자父子

　올해는 남편 제사를 제주도에 있는 아들 집에서 지내게 되었다. 아들이 일하는 병원이 권역별 응급의료센터로 지정됨에 따라 일이 겹쳐 몸을 뺄 수가 없었기 때문이었다. 총각 혼자 사는 집이라 불편한 점이 한두 가지가 아니었지만 정성껏 장을 보고 음식을 장만했다. 아들도 병원과 집을 부산하게 들락거리며 엄마를 도왔다.

　밤 9시, 일몰이 지나 아들과 함께 제사상을 차리고 있는데 응급실에서 전화가 왔다. 교통사고로 머리를 다친 환자가 출혈이 심해 위급하다는 것이었다. 제기祭器를 만지고 있던 아들이 쏜살같이 튕겨 나갔다. 향과 초가 바닥에 뒹굴었다. 몇 시에 오는지, 상을 마저 차려야 할지 말지 가늠할 수가 없었다. 지금 수술 들어가게 되면 자정을 넘겨 제사를 지내게 되는지도 몰랐다. 무엇보다 '출혈'이라는 말에 등골이 오싹해졌다. 나는 그것이 무엇을 뜻하는지 너무 잘 알았다. 피[血]는 몸 안에 숨어있어야 옳았다. 몸 안에서 꼭꼭 숨어 생명을 끌어안고 있어야 했다. 그런데 그 피가 밖으로 흐르고 있다지 않는가.

　어린 나이에 아버지를 잃은 아들이 의사가 되겠다고 한 것에는 아이다운 치기와 꿈이 있었을 것이다. 어려운 공부와 힘든 수련의 과정 중에도 갈등하지 않고 묵묵히 견딜 수 있었던 것도 젊은 나이에 생을 마감한 아버지의 영향이 작용했으리라. 그러나 그것이 어찌 자신이 의사가 되는 것으로 해결될 수 있는 일이던가.

남편은 간암으로 투병 중이었다. 화장실에서 두 번째로 피를 토한 남편을 응급실로 옮겼을 때 나는 벌겋게 달아오른 얼굴로 의사한테 대들었다. 지난번 치료가 부실했던 게 아니냐고. 왜 이런 일이 자꾸만 되풀이되느냐고. 그때 지금의 아들 나이가 된 담당의사가 말했다. 의대를 나오고, 수련의 과정을 거쳤을 때만 해도 인간의 생명이 의사의 손에 달린 줄 알았다고 했다. 그러나 정작 의사가 되고 보니 환자를 위해 할 수 있는 일은 티끌에도 미치지 못하더라고 했다. 인간의 생명이 인간에게 속한다고 생각한 것 자체가 오만이며 허상이었다는 의미가 아니었을까. 어쩌면 오히려 인간의 생명이 인간에 속하지 않은 것이 인간의 희망일는지도 모를 일이 아니던가.

시간이 얼마나 흘렀을까. 현관문 번호 키를 누르는 소리가 나더니 아들이 들어선다. 수술을 마치고 온 것이라 했다. 온몸이 땟물에 젖은 걸레처럼 후줄근하다. 샤워를 하겠다며 목욕탕으로 직행한다. 물소리, 부스럭거리는 소리. 나는 아들에게 속옷을 꺼낼까 하고 물어본다.

"괜찮아요. 욕실 안에 다 있어요."

아들이 대답한다.

"검정 비닐하고 운동화나 좀 갖다 주세요."

영문도 모른 채 비닐을 꺼낸 후 운동화를 집는 순간 나는 흠칫 놀랐다. 운동화가 온통 피투성이였던 것이다. 환자의 출혈이 심했던 모양이었다.

아들은 대수롭지 않게 비닐에다 물을 받더니 세제를 풀고 운동화를 넣어 두어 번 흔들었다. 많이 해본 듯한, 익숙한 솜씨였다. 비닐 끝을 묶은 후 대야에 담으며 민망한 듯 빙긋 웃어 보이기까지 한다.

"제사는 결국 자정을 넘기게 되었네요."

순간 나는 그 웃음에서 남편의 환영幻影을 보았다. 피는 못 속인다더니 이런 순간에 웃음을! 어느 새벽, 변기 가득 피를 토한 남편도 어쩔 줄 몰라 하는 나를 보며 빙긋 웃었었다.

"내 몸에 피가 이렇게 많았나…!"

제사가 끝난 새벽, 아들은 잠에 곯아떨어지고 나는 비닐을 열어 운동화를 씻기 시작한다. 비닐 안이 온통 핏물투성이다. 몸 안에 든 피는 생명이었을 것이나 밖으로 나온 피는 죽음이다.

수술 환자는 어떻게 되었을까. 남편과 그, 아들은 전생에 어떤 인연이었을까. 남편이 피를 쏟아 병원으로 실려 갔을 때는 아들이 너무 어렸다. 그 아들이 자라 의사가 되었을 때는 다른 사람의 피를 거두느라 제삿날마저 어수선하게 맞았다. 환자는 아들의 운동화를 알고 있을까.

언제 일어났는지 아들 방에서 전화 받는 소리가 들린다. 밤 동안의 환자 상태에 대한 전공의專攻醫 보고를 받고 있는 모양이다. 두런두런 말을 나누는 폼이 경과가 나쁘지 않은 것 같다.

출근하기 전 밥 한 술이라도 먹고 싶어 서둘러 운동화를 헹구어

낸다. 물기를 털어 대야에 담고 목욕탕 문을 나서니 꿈인 듯 생시인 듯 눈앞에 낯익은 얼굴이 나타난다. 제사를 맞은 오늘의 주인공이다. 나쁘지 않다. 생시처럼 편안한 얼굴로 웃고 있다. 깨끗해진 아들의 운동화가 마음에 든 건가.

가을

애도

자정이 가까워오자 문상객들이 모두 돌아갔다. 친정아버지의 장례 마지막 날 밤이었다. 내일 아침 일찍 산소를 가게 된 데다 형제들이 다 모인 자리라 잠들기 전 차라도 한잔 마시기로 했다. 늦은 밤이어서 갓 말린 우엉차를 내놓았다. 셋째가 제 찻잔을 들여다보더니,

"누나, 내 차에는 우엉이 적게 들었네. 사심私心이 작용한 것 같아."

"이를 어째! 되는 대로 집어 넣다 보니…."

"농담이야, 농담! 누나도!"

그는 과한 몸짓으로 너털웃음을 지었지만 나는 그의 수려한 얼굴 위로 언뜻 스치는 그늘 한 자락을 보고야 말았다.

형제가 많다 보면 상대적으로 서운한 사람이 생기기 마련이다. 어느 조직에서나 3%의 앞선 자와 그만큼의 밀린 자가 있는 것과 같은 이치다. 가정이 그러하고 사회가 그러하고 시대가 그러하다. 우리 집에서는 셋째가 그랬다. 5남매 중 딱 중간, 아들 셋 중에서도 둘째 아들이었다. 맏이라서, 몸이 약해서, 애교가 많아서, 공부를 잘해서 부모의 사랑을 차지하는 형제들 사이에 끼어 그는 늘 관심 밖으로 밀려나

있었다.

형하고 다투면 건방지게 형한테 대든다고 혼나고, 동생을 때리면 형이 돼서 동생 하나 건사 못 한다고 쥐어 박혔다. 맞고 오면 사내자식이 못나게 맞고 다닌다고 야단맞고, 때리고 오면 커서 뭐 되려고 어린 것이 주먹부터 쓰느냐고 핀잔을 들었다. 운동회에서 달리기 일등을 해 와도, 초등 6년 개근상을 타 와도 칭찬해 주는 사람이 없었다. 이미 다른 누군가가 돋보이는 항목으로 부모의 관심을 끌었기 때문이었다.

군 입대를 위한 신체검사에서 형과 달리 일급 판정을 받았을 때 동생은 엄마가 자기한테는 한 번도 보약을 챙겨준 적이 없었다고 말해 식구들을 민망하게 했다. 그랬다. 그는 건강했기 때문에 보약을 챙겨 먹이지 않았고, 평범했기 때문에 공부를 닦달하지 않았던 것이 사실이었다.

군대에 있을 때도 마찬가지였다. 맏이는 처음이라서, 막내는 몸이 약해서 온 가족이 음식을 싸 들고 면회를 갔지만 둘째는 그마저 하지 않았다. 최전방에서도 늘 잘 있다고만 하여 우리 모두 그러려니 하고 말았다. 우리는 그를 믿었고, 걱정하지 않았다. 편지마다 지낼 만하다고 하니까 그러려니 했다, 어느 여름 그 사건이 있기 전까지는.

군에서 연락이 와서 부모와 내가 달려갔을 때는 사건이 종지부를 찍은 뒤였다. 평소 폭력적인 헌병에 욱하여 주먹을 휘둘렀던 것이었는데, 부대 내에서는 동생에 대한 중징계로 공포 분위기가 조성되고 있었다. 설상가상으로 예기치 못한 일이 발생했다. 쥐구멍에라도 들어가고 싶은 몰골을 한 아들을 본 아버지가 다짜고짜 따귀를 후려치고 말았던 것이었다. 전날 밤을 꼬박 새운 아버지의 걱정이 왜 그런 식으로 분출되었는지 나 또한 이해하기 어려운 순간이었다.

동생은 죄인처럼 고개를 떨궜지만 나는 그의 일그러진 얼굴에서 숨겨진 분노를 보았다. 이등병이었던 그가 상사에게 대들었을 때는 그로서도 할 말이 많았을 터였다. 그러나 그는 가족인 우리에게조차 아무것도 털어놓으려 하지 않았다. 뺨을 맞는 순간 작정한 듯 입을 닫았고, 눈을 맞추려 들지도 않았다. 오히려 우리가 빨리 돌아가 주기를 바라는 눈치였다.

무거운 침묵 끝에 그가 등을 돌렸을 때 나는 그의 각진 어깨가 세상을 향한 분노와 증오로 뭉쳐져 있음을 느꼈다. 그것은 오랜 세월 마음속 깊은 곳에 짐승처럼 몸을 웅크려 호시탐탐 포효할 때를 노려왔음에 틀림없었다. 그는 이 세상 그 누구도 제 편이 될 수 없다고 단정짓고 있었다. 어쩌면 스스로 마음의 문을 닫아 자기 속에 갇혀 버렸는지도 몰랐다. 우리가 다시 면회를 갔을 때는 가족으로부터도 자취를 감춘 뒤였다. 월남 파병을 자원했던 것이었다.

군 복무를 마친 동생이 가족의 품으로 돌아왔을 때는 씩씩한 청년이 되어 있었다. 그는 그동안 자신의 상처를 건강하게 다스려 왔음이 틀림없었다. 몸속 깊이 똬리를 틀고 있었던 폭력성마저도 곰삭고 발효되어 사내다운 에너지로 승화된 것 같았다. 나는 동생이 성숙한 감성으로 그를 향한 아버지의 빗나간 사랑을 이해해 주기 바랐다. 인간의 내면에는 당사자가 감당할 수 없어 회피한 감정 덩어리들이 무의

식층을 이루고 있다지만 그 또한 사랑의 다른 얼굴이 아니던가.

우엉차를 마신 형제들이 장례식장에 얼기설기 누워 잠을 청했다. 꿈인 듯 생시인 듯 신음 소리에 눈을 떴다. 희미하게 새벽이 밝아오는 중에 어둠을 등진 남자의 모습이 보였다. 동생이었다. 그는 아버지의 영정 사진 앞에 붙박이처럼 꿇어앉아 있었다. 밤을 꼬박 밝혔음이 틀림없었다. 동생은 울고 있었다. 아니, 그것은 울음이 아니었다. 덩치 큰 짐승이 온몸으로 토해내는 신음 소리였다.

"아버지."

동생이 통곡을 삼켰다. 대신 어깨가 심하게 흔들렸다. 나는 그가 아버지의 애도를 통해 자신을 애도하고 있음을 알았다. 또한 그 아픈 의식을 통해 망자와 화해하고 있음도 알았다. 얼마나 먼 길을 돌아왔던가. 사랑과 절망. 미움과 분노. 아픔과 상처. 나도 그의 등 뒤에서 두 손으로 입을 틀어막았다. 창이 밝아오고 있었다.

가을

내 앞에 놓인 잔

집안 모임이 있는 날이다. 형제들과 사촌, 육촌들이 숯불 갈빗집으로 모였다. 연로하신 어른들은 모두 돌아가시고, 70대들이 주축이 되어 있었다. 이제 대부분 현직에서 물러나 건강 이야기, 손주 이야기들로 화기애애했다. 분위기가 좋았다.

건배는 좌장 격인 맏이가 맡았다. '원하는 것보다 더 잘 풀리라'는 '원더풀'이었다. 일행은 모두 그를 따라 '원더풀'을 외쳤다. '원더풀'이란 말이 이렇게 원더풀한 지는 예전엔 미처 몰랐다. 모임이 한층 더 원더풀해진 것 같았다.

갈비가 몇 번 보태어지고 된장과 밥이 나오자 각자 그동안의 소식을 나누기 시작했다. 암 수술을 한 시누이가 단연 관심거리였다. 변호사 아버지에, 의사 남편에, 자신은 교수에다 미모까지 갖춘 시누이는 60이 다 된 나이에도 오빠들의 사랑을 독차지하고 있었다.

무엇보다 나는 초등시절의 시누이가 영 잊혀지지 않았다. 너, 나 할 것 없이 가난했던 1970년대에 열 살도 채 안 된 여자아이가 양장점에서 원피스를 맞추어 입고 마리아네 집에서 미제 코코아를 사다 먹는 것을 보며 나는 무엇을 생각했던가.

암 투병 중인 시누이는 이제 예전과 많이 달라져 있었다. 이상한 화장도 하지 않고, 높은 구두도 신지 않으며, 엘리자베스 여왕 같던 모자도 쓰지 않았다. 팔을 걷어붙이고 손수 고기를 가위질하며 맛있다고 연신 감탄을 하고 있었다. 갈비 구경도 못 해 본 사람처럼 옆에 앉은 내게도 부지런히 권하며 상추쌈에 고기를 싸서 입안으로 가져갔다.

내 차례가 되었다. 나는 외국에서 어려움을 겪고 있는 딸의 근황을 전했다. 딸은 심각한 병을 앓고 있었다. '청각 예민증'이었다. 어려서부터 귀가 좋았고 절대음감을 갖고 있어서 바이올린을 하게 되었는데, 성인이 된 지금 그것이 오히려 불행의 씨앗이 될 줄이야!

아이는 현재 음악을 그만두어야 할 위기에 놓여 있었다. 지난 시즌부터 비행기 이동을 요하는 연주는 피해 왔는데 그것은 슬픈 결정이었다. 외국 오케스트라의 일이란 것이 비행기를 타는 일이 8할에 가까운데 그것이 불가능하다는 것은 치명적인 일이 아닐 수 없었다. 어려서부터 음악 말고는 생각조차 해 보지 않은 아이가 목숨과도 같은 음악을 포기해야만 하니 기가 막히는 일이 아닌가.

이야기 도중 나는 문득 반대편에 앉은 육촌들이 내 말에 집중하지 않고 있음을 눈치챘다. 의사 두 사람이었다. 내가 구태여 집 안 모임에서 딸의 이야기를 끄집어낸 이유는 현역 의사인 그들을 포함한 여러 사람의 조언을 구하기 위함이었는데 정작 두 사람은 이 집 된장이 맛있다고 서로 권하고 있었다. 나는 눈을 흘겼다.

가을

"이렇게 심각한 상황에 된장 이야기나 하시고~"

이번에는 딸의 치료 상황을 설명하기 시작했다. 예술을 중시하는 나라여서 음악이나 운동 같은 전문 분야의 치료가 발달되어 있으나 '청각 예민증'은 힘드는 가 보았다. 청력이 떨어지거나 울림증과 달리 '예민증'은 유전이나 스트레스 등 복합적 요인이 작용하기 때문이었다. 병원에서는 내과, 정신과, 이비인후과가 협의하고 있지만 치료 가닥이 잡히지 않는 모양이었다. 질문이 쏟아졌다. 이번에는 여자들 쪽이었다.

"일상생활에는 지장이 없구요?"

이 사람들아, 어떻게 지장이 없겠는가? 전화 코드는 뽑아 놓은 지 오래됐고, 자동차 소리, 냉장고, 에어컨 돌아가는 소리도 힘이 든다. 백화점이나 지하철 같은 공공장소에서도 귀마개를 사용해야 하는데 그나마도 오랜 시간 못 버틴다. 미세한 소리까지 확장되어 들리는 바람에 잠을 잘 수가 없고 두통이 끊이지 않는다.

지난주에는 생일을 맞아 신랑이 팔찌를 하나 선물했는데 힘내라고 사 준 것이 고마워 팔에 끼고 잠깐 외출한 사이 정신이 없는 건지 감각이 둔해진 건지 잃어버렸다나 어쨌다나.

이야기 도중 울컥하여 눈물을 잠깐 훔치는데 옆에 앉은 동서는 팔찌가 궁금해진 모양이었다. 나는 스마트폰으로 보내온 팔찌를 보여 주었다. 순식간에 사람들의 관심은 팔찌로 넘어갔다. 스마트폰이 옆으로 옮겨 다니는 사이 된장을 맛있게 먹은 육촌 의사 두 사람이 진료 때문에 먼저 일어났다. 그들은 입을 맞춘 듯 선진국 의사들이 포진되어 있으니 좋은 치료 방법을 강구할 거라고 나를 위로했다.

"잘 될 겁니다. 걱정마세요."

떠날 자와 남은 자가 악수를 나누는데, 옆에서 팔찌 사진을 들여다보던 시누이가 스마트폰을 넘겨주었다.

"언니. 어차피 내 앞에 놓인 잔은 자기가 비우게 되더라구요. 제가지금 그걸 겪고 있잖아요. 결국은 본인이 극복해야 할 문제라니까요.술이나 마십시다."

이제 화제는 자신들의 질병 이야기로 넘어갔다. 혈압이 높기도 하고, 당뇨가 있기도 하고, 퇴행성 관절염이 있기도 했다. 허리 디스크에, 협심증에, 족저근막염을 호소하는 사람도 있었지만 어쩌겠는가.우리는 각자 내 앞에 놓인 잔을 들어 다시 한번 '원더풀'을 외쳤다.

가을

아무도 모른다

'웰 빙'에 이어 '웰 다잉'을 우리 사회에 화두로 던진 사람은 서울에 사는 78세의 김 할머니이다. 할머니는 폐렴 증세로 종합병원에 입원해 폐 조직 검사를 받던 중 식물인간 상태에 빠지게 되었다. 병원 측에서는 즉각 인공호흡기를 장착했으나 가족들은 이를 제거해 달라고 소송을 냈다. 환자가 평소 남에게 폐 끼치기 싫어하는 깔끔한 성격인데다 앞서 심근경색을 앓던 남편의 연명치료를 반대한 점을 들어 그 뜻을 추정한 것이다.

내가 이 사안에 관심을 갖게 된 것은 시어머니 때문이다. 어머니는 올해 94세이고, 지난주 중환자실로 옮겨졌다. MRI 판독 결과 의사는 환자의 뇌가 80% 이상 손상되었으며 회생은 불가능하다고 했다. 눈은 떴으나 아무도 못 알아보고 대소변은 물론 정상적인 식사도 불가능한 상태다. 혼수昏睡가 온 것이다.

황황히 달려온 자식들이 병원 휴게실에 모였다. 급한 대로 인공호흡기 문제부터 거론하기 시작했다. 중환자실에서 주치의가 오늘 밤이라도 당장 위급 상황이 오면 인공호흡기를 달아야 한다고 말했기 때문이다. 인공호흡기를 단 후에는 임의적으로 떼어내는 것이 불가능하다. 소송절차를 밟은 후 제거해도 좋다는 판결이 있어야 가능해진다.

의논의 핵심은 환자의 뜻을 추정하는 일이다. 어머니의 성격, 자존심, 죽음에 대한 말씀들이 거론되었다.

6·25전쟁을 몸으로 겪은 어머니였다. 가문과 자식을 위해서라면 죽음 앞에서도 눈 하나 까딱 않을 여장부였다. 며느리들 사이에는 '대비마마'라 불릴 정도로 주장이 확실하고 당당했던 어른이었다.

그러나 이번에는 경우가 달랐다. 지극히 인간적이며 사적인 문제였다. 어머니 역시 평소 죽음에 대해 말씀하실 때 지금과 같은 상황이 오리라고는 생각조차 해 본 적이 없지 않았을까. 죽음은 그렇게 누구에게나 낯선 얼굴로 낯선 길을 통해 오는 것인지도 모른다.

뜬금없이 사소한 기억 하나가 되살아난다. 어머니가 팔순 때의 일이었다. 인간의 수명에 관한 이야기가 나온 김에 내가 어느 책에서 읽은 연구 결과를 말씀드렸던 적이 있었다. 그 책에서는 인간이 죽을 때까지 아무런 질병이나 사고가 없다면 125세까지 살 수 있다고 밝혔던 것이다.

어머니의 반응은 놀라웠다. 어머니는 마치 이 세상에서 가장 껴안고 싶은 새로운 진리 하나를 선물 받은 것처럼 보였다. 그 진리는 어머니를 염두에 두고 하늘에서 금방 떨어진 것 같았다.

어머니는 술, 담배도 안 할 뿐 아니라 커피나 콜라도 입에 대지 않았다. 혈압도 높지 않고 당뇨도 없었다. 콜레스테롤 수치도 정상이며 변

비조차도 없었다. 모든 조건이 완벽했고, 새로운 진리에 적절하게 부합되었다. 어머니는 틈만 나면 친구나 친지들에게 125세를 화제에 올렸다. "과학자들이 말하기를…."을 추가하여 신빙성을 높이고 싶어 했다.

또 다른 기억 하나가 앞의 기억을 밀어낸다. 90세가 넘도록 검버섯 하나 없이 깨끗한 어머니의 얼굴이다. 유난히 깔끔하고 자신을 가꾸는 일에 정성을 쏟았던 어른이었다. 입원 전날까지만 해도 이마에 마사지용 오이 두 쪽이 붙어있던 노인네가 아니던가.

외식할 때면 엘리자베스 여왕처럼 창 넓은 모자를 쓰고, 망사장갑에 자주색 스타킹을 신던 어른이었다. 잘생기고 똑똑한 아이가 집안의 자랑이라면 산신령처럼 당당하고 멋있는 노인은 집안의 자부심이라고 주장하던 사람이었다.

이제 그 자부심은 흔적조차 찾을 수 없게 되었다. 늙고 병든 몸을 남에게 맡긴 채 기본적인 생존까지도 의학에 의존하는 현 상태를 어머니 자신은 어떻게 생각할까.

늦은 밤. 병원에서 나온 자식들은 술집으로 향한다. 인공호흡기를 달지 않기로 한 오늘의 결정에 이의를 다는 사람은 아무도 없다. 먼지를 머금은 겨울 칼바람만이 못난 자식들의 울적한 마음을 훑고 지나갈 뿐이다. 한 줌으로 줄어든 어머니의 몸무게가 자꾸만 눈에 밟힌다. 끊임없는 상념이 꼬리를 물고 텅 빈 마음을 어지럽힌다.

어느 해 동짓날이었던가, 팥죽을 먹으면서 TV를 보다 어머니와 나

누었던 이야기가 있었다. 천국을 떠들고 다니는 소문난 광신도에게 이웃에 사는 사람이,

"천국이 그렇게 좋으면 지금이라도 당장 저승으로 가시는 게 어때요?"

하고 물으니 그 신도 정색을 하며 하는 대답이,

"무슨 말씀을. 저는 그래도 말똥이 굴러다니는 이승이 좋습니다요."

어머니는 그때 무어라 말씀하셨던가. 나는 그때 무어라 말씀드렸던가. 아무리 생각해 봐도 지금은 기억이 안 난다. 그저 남의 일처럼 웃어넘기고 말았던 것 같다.

내가 만약 아까 병실을 나올 때 인공호흡기에 대해 어머니께 여쭈었다면 어떻게 대답하셨을까. 지금이라도 당장 끼우라고 호통을 쳤을까. 너희들이 내 마음을 헤아려줘서 고맙다고 칭찬을 했을까.

의식이 없으니 대답 또한 없을 터이다. 어머니의 마음속 답변이 무엇이 될지는 아무도 모를 일이다.

가을

을의 반란

재수 옴 붙은 날이다. 대단치도 않은 계단에서 발을 헛디뎌 넘어지고 말았다. 왼쪽 팔꿈치 골절상이었다. 의사는 혀를 끌끌 차더니 손끝에서 겨드랑까지 깁스를 해 버렸다. 기가 차서 며칠 투덜대다가 머릿속으로 정리를 했다. 다리 아픈 것보다 팔 아픈 게 낫고, 오른팔보다 왼팔이 낫고, 여름보다는 겨울이 낫다.

이상했다. 나는 태어날 때부터 오른손잡이인데 그깟 왼팔 좀 다쳤다고 이렇게까지 불편할까? 왼팔을 나무토막처럼 고정시켜 놓고 보니 한쪽으로만 할 수 있는 일은 거의 없었다. 샤워는 물론이요 머리조차 감을 수가 없었다. 약병 뚜껑도 한 손으로는 열 수 없었다. 물을 붓다가도 컵을 엎지르고 밥을 먹다가도 밥공기를 떨어뜨렸다. 한번은 국을 푸다 국자를 놓쳐 다리에 미역 몇 잎이 붙었는데 한 김 나간 국이 아니었으면 화상을 입을 뻔했다. 왼팔의 유고有故로 오른팔까지 패닉 상태에 빠진 것이었다.

내 의식 속의 오른쪽과 왼쪽은 갑甲과 을乙의 관계였다. 모든 일에는 갑의 의지가 선행되었다. 칫솔질을 할 때도 을은 단지 물컵을 잡고 있을 뿐이었다. 글씨를 쓸 때도 종이를 누르는 입장이었고, 돈을 셀 때도 화폐를 붙잡고 있기만 하면 되었다.

왼쪽이 주도적으로 기능한 적이 있다면 시계나 반지를 낄 때 정도가 아닐까. 서명도 건배도 악수도 오른쪽 혼자 거뜬히 해내므로 왼쪽이 없어 가사 상태에 빠질 줄은 생각조차 하지 못했다. 하늘을 찌를 듯한 갑의 권력은 허상이었던가? 그걸 만천하에 공표하기 위해 을이 반기를 든 것일까. 가슴속 응어리를 꼭꼭 쟁여 놓았다가 계단을 핑계로 반란反亂을 일으킨 것은 아닐까.

깁스 푸는 날, 자유로워진 왼팔은 90도 각도에서 더 이상 펴지지 않았다. 그동안 뼈의 활동이 제한되었기 때문이다. 의사는 오른팔이 왼팔을 부지런히 재활운동시켜야 한다고 말했다. 방치하거나 소홀하면 뼈가 그대로 굳어 일평생 장애로 남을 수도 있다고 경고했다.

왼팔은 흠칫 놀랐다. 여차하면 을의 구실도 제대로 못 할 상황이 아닌가. 두렵고 무서웠다. 오른팔은 지금의 사태를 어떻게 인식했는지 궁금했다. 곁눈질로 살짝 눈치를 보았다.

오른팔은 별다른 반응을 보이지 않았다. 다만 재활운동인가 뭔가를 위해 묵묵히 왼팔을 잡아당기는 것으로 화해를 청하는 것 같았다.

"아얏! 아~ 아!"

왼팔이 목청껏 비명을 질러댔다.

가을

마이 웨이

　이집트 여행은 일정이 빡빡했다. 그날도 새벽부터 바지런을 떨었다. 룩소르를 거쳐 후르가다까지 둘러볼 계획이었기 때문이다. 룩소르에서는 왕들의 무덤과 신전을 보고, 후르가다에서는 홍해 연안의 바닷속을 들여다보는 일정이었다. 3시 모닝콜, 4시 출발. 눈곱만 겨우 떼고 버스에 몸을 실었다.

　얼마나 갔을까. 버스 안의 불까지 모두 끄고 일제히 눈을 붙였는데 뒤에서 작은 목소리가 들려왔다.

　"가이드님. 휴게소는 얼마나 가야 하나요?"

　돌아보니 우리 팀의 H였다. 불편한 기색이 역력했다.

　"1시간 넘게 가야 하는데, 급하세요?"

　불이 켜지고, 누가 먼저랄 것도 없이 커튼을 드르륵 열어젖혔다.

　"해다!"

　가도 가도 사막인데 해까지 솟아오르고 있었다. 건물도 없고 나무도 없고 언덕조차 없었다. 그렇더라도 1시간 넘게라니!

　"네에~."

H의 '네에~.'는 애매했다. 참기 어렵다는 얘기 같기도 하고 참아보겠다는 뜻으로도 들렸다. 문제는 잠을 깬 다른 사람들이었다. 습관상 아침에 눈을 뜨면 화장실부터 찾지 않는가. 시계를 보니 6시 반이었다. 뇨의가 버스 안에 빛의 속도로 퍼져나갔다. 사태의 심각성을 눈치챈 가이드가,

"조금만 기다리세요. 가면서 좀 볼게요."

위로라도 하듯 음악을 틀었다. '마이 웨이'였다. 대단히 부적절한 선곡이었다. 화장실 가고 싶은 사람들 앞에 '마이 웨이'라니! 어쩌라고?

"이봐요, 가이드! 아무 데서나 볼일부터 보고 갑시다!"

드디어 제일 뒷좌석에서 거친 남자의 목소리가 들려왔다.

"급하단 말이요, 급하다고!"

중간 자리, 앞자리에서도 들썩거렸다. 버스가 섰고, 다투어 내렸다. 해가 솟은 천지는 망망 사막이었다. 30여 명이 정도껏 흩어졌다.

다시 차에 오르자 버스 안은 확연히 달라져 있었다. 순하고도 은밀한, 공범자의 분위기가 맴돌았다. 대명천지 사막에서 함께 오줌을 갈긴 덕분일 터였다. 언제 우리가 이런 호사를 누려본 적이 있었던가. 급하다던 남자가 가이드에게 다가와 달달한 목소리로 말했다.

"음악 틀어 봐요. 아까 그 '마이 웨이'."

가을

겨울

팩트체크

스마트폰으로 방금 찍은 사진 한 장을 놓고 의견이 분분하다. 모두 4명이다. 생일 케이크를 둘러싸고 해피 버스데이를 하는 중이다.

나와 또 한 사람은 카메라를 향하고 있으니 문제될 것이 없다. 남자 한 사람, A도 생일 케이크에 불을 끄고 있는 모습이 자연스럽다. 자신의 생일 모임이었기 때문이다. 문제는 남은 한 사람, 영희이다.

영희는 A의 가족도 친척도 아니다. 나처럼 죽이 맞는 사회 친구일 따름이다. 그런데 그녀는 왜 사진 속에서 A와 함께 촛불을 불고 있을까. 입을 동그랗게 오므려 내민 채 촛불을 바라보고 있을까.

영희는 A를 돕고 싶었다고 말한다. A로 말하자면 60대의, 건장한 남자이다. 케이크에 꽂힌 촛불도 고작 3개이다. 축하객이 3명이기도 했지만 믿음, 소망, 사랑의 의미를 담았기 때문이다. 가늘고 조그마한 촛불 3개 끄기가 건장한 남자에게 버거운 일이었을까.

요즘 들어 A의 청력이 떨어져서 신경이 쓰였다고도 말한다. 지금도 A는 우리와 편안하게 대화를 하는 중이다. 나이 들면 청력이 둔해지는 건 당연한 일인데 영희는 왜 유독 A에게 마음이 쓰였을까. 눈앞에

겨울

있는 촛불을 입으로 불어 끄는 데도 고도의 청력이 필요했을까.

　팩트체크는 난항에 난항을 거듭했다. 소크라테스가 나오고 프로이트가 등장했다. A는 진땀을 흘리며 영희를 변호했다. 두 사람이 앞서거니 뒤서거니 해명을 하는 동안 나는 자리에서 일어나 과일과 커피를 챙겨왔다. 촛불 끈 케이크를 곁들여 먹으니 한결 맛이 있었다.

쾌락의 이해

연휴를 맞아 제주도의 아들 집에서 딸네 식구들과 만나기로 했을 때 가장 신경이 쓰였던 것은 아들이 기르고 있는 개 달봉이었다. 딸네 집에는 개가 없었다. 세 살짜리 손자 로하 때문이었다. 주변에는 개 알레르기로 몸에 뾰루지가 생긴 아기도 있고, 개털로 인해 기관지염을 앓는 환자도 있었다. 심지어는 아기가 태어나면 기르던 개도 다른 집에 주는 경우도 많았다. 궁리 끝에 아들이 로하네를 위해 호텔을 예약하기에 이르렀다. 멀쩡한 아파트를 두고, 단지 개 때문에.

어른들의 배려가 부질없다는 것을 깨닫는 데는 오랜 시간이 걸리지 않았다. 호텔 가기 전 아파트에 잠깐 들른 사이 로하는 달봉이한테 반하고 말았다. 흥분에 겨워 탁구공처럼 튀어오르며 달봉이에게 열광했다. 둘은 죽고 못 사는 연인들처럼 반기며 어울려 놀기 시작했다. 로하가 달아나면 달봉이가 뒤를 쫓고, 반대가 되면 로하가 뒤쫓았다.

달봉이 역시 제 정신이 아니었다. 어른들만 보다가 제 덩치만 한 아이를 보니 꿈인가 생시인가 싶은 모양이었다. 제 흥에 겨워 키대로 튕겨 오르다가, 로하한테 엉겨 붙다가, 거실 한복판에 벌렁 나자빠지며 기쁜 듯이 두 다리를 흔들어 보이기도 했다. 감동인 것은 로하가 달봉이한테 다가갔을 때였다. 달봉이에게 은밀히 무언가를 내밀었다. 서울에서부터 가져온 장난감 자동차였다. 로하가 잠시도 손에서 놓지 않는, 가장 아끼는 물건이었다.

이튿날도, 그다음 날도 로하의 관심은 달봉이뿐이었다. 에코랜드도 근사했고 바다도 좋았지만 로하가 이해하기에는 역부족이었다. 이제 겨우 단어 몇 마디만 하는 로하는 달봉이만 보면 잠시도 입을 닫지 않았다. 인디언의 말인지 짐승의 소리인지도 모르게 끊임없이 무언가를 말하면서 달봉이에게 애정을 표시했다. 인간이 어떻게 그렇게 온전히 무언가에 몰입할 수 있는지 이해가 되지 않는 장면이었다. 나에게도 그런 쾌락의 순간이 있었던가?

있었다. 골동품이었다. 나는 왠지 오래된 물건들이 좋았다. 삶이 구차하고 아득하게 느껴질 때 나는 골동품에 마음을 붙였다. 경제적 이익이나 투자 목적과는 거리가 멀었다. 기껏해야 소품이나 생활용품 몇 개 가지고 있는 사람이 무슨 투자 안목이 있었겠는가. 칼자국이 남아있는 대갓집 떡판이나 손때가 켜켜이 앉은 연적硯滴을 보면 대책 없이 가슴이 설레었다. 질감, 온도, 닳고 낡은 역사의 흔적들에 나는 매료되었다. 유유상종이라고, 같은 취미를 가진 J라는 친구도 있었다.

어느 날, J에게서 전화가 왔다. 거창 어느 골동품 가게에서 마음에 쏙 드는 뒤주를 하나 봐 두었다는 것이었다. 우리는 즉시 출발했다. 물건은 험한 편이었으나 강화 뒤주임에 틀림없었다. 우리는 첫눈에 마음을 빼앗겼다. 차에 싣고는 곧장 지리산으로 내달렸다. 흥분되어

도저히 그대로는 집으로 향할 수 없었던 것이다.

겨울이라 날씨는 춥고 해가 빨리 기울었다. 우리는 배고픈 줄도, 무서운 줄도 모르고 달렸다. 강화도령이 화제에 올랐다가 사도세자로 바뀌었다. 영조가 나왔다가 혜경궁 홍씨로 옮겨가기도 했다. 순서도 없이 뒤주와 관련된 인물들이 들락거렸다. 노고단 입구에 이르렀을 때였다. 뒤에서 경찰차가 우리를 따라왔다. 차를 세운 경찰은 후줄근한 아줌마들에게 실망한 눈치였다. 달달한 불륜 커플이라도 기대했던 것일까.

"속도위반입니다. 날도 어두운데 어디를 급히 가시는 길인지요?"

연휴 마지막 날 저녁에는 아들이 회를 샀다. 거북선 모양의 그럴듯한 나무그릇에 바다에서 건져 올린 각종 싱싱한 회가 차려져 나왔다. 사위의 입이 귀밑까지 찢어졌다. 답답한 일상에서 벗어나 가족을 데리고 제주도까지 날아온 것에 만족한 눈치였다. 나 또한 아들, 딸에 좋은 음식까지 눈앞에 두고 보니 세상에 부러울 것이 없었다. 문제는 로하였다. 아이는 대추 씨만 한 손가락으로 연신 밖을 가리키며 '멍멍'을 외쳤다. 달봉이한테 가자고 떼를 쓰고 있는 것이었다.

"안 돼. 오늘은 안 돼. 아빠 술 한잔할 거야."

로하가 울음을 터뜨렸다. 다른 테이블의 손님들이 우리를 힐끗힐끗 돌아보았다. 민폐였다. 우리는 건배도 없이 술과 회를 아무렇게나 먹어치우고 아파트로 돌아왔다.

문득 그 추운 겨울, 노고단 입구에서 J와 나를 뒤따라왔던 경찰관이 생각났다. 유리문을 내렸을 때 후줄근한 두 아줌마에게 실망한 낯빛이라니! 그때 만일 우리가 강화 뒤주에 흥분해서 지리산으로 내달렸다고 실토했다면 이해했을까. 아니면 혹 기대했던 대로 어느 불륜 커플이 사랑에 취해 도피행각 중이었다면 마음에 들었을까.

초상화

그림에 소질이 없는 편이다. 초등학교 다닐 때 미술 시간에 병아리를 그리게 되었다. 나의 그림을 본 선생님이 어이가 없는지 반 아이들에게 보여주면서 무엇이 잘못되었는지 알아맞히어 보라고 했다. 못 맞히는 아이는 한 명도 없었다. 다리를 네 개나 그렸던 것이다. 반 전체가 웃음바다가 되었다.

다른 경우도 있었다. 이번에는 나무를 그렸는데, 내 그림을 본 짝꿍이 손을 번쩍 들었다.

"선생님. 얘는 뿌리까지 그리고 있어요."

그러나 선생님은 거미줄같이 땅 위에 올라와 있는 나무뿌리를 보고 웃지도 않고,

"괜찮아요. 보이는 것뿐 아니라 마음속에 있는 것도 그릴 수 있어요."

내가 그림을 추상적이 아닌, 구체적 이미지로 받아들이게 된 것은 초상화를 그려 받게 되면서부터이다. 프랑스의 몽마르트 언덕에서다. 처음에는 동행이 권했던 거지만 나 역시 귀가 솔깃해진 것은 전적

으로 화가가 나를 모르는 사람이라는 사실에서 출발한다.

나는 여자이고 그는 남자이다. 나는 동양인이고 그는 서양인이다. 게다가 그는 한국과는 문화와 풍습이 확연히 다른 스페인의 화가이다. 그는 나의 과거를 모를 뿐 아니라 미래에 대한 짐작조차 불가능한 사람이다. 우리는 방금 만난 것이다. 나는 나에 대한 선입견이 전혀 없는 사람에게서 그의 눈에 비친 나의 모습을 정직하게 그려 받고 싶었다. 그는 나의 나이조차 모르는 사람이 아닌가.

간단한 준비를 마친 화가가 캔버스를 마주하고 앉았다. 나의 얼굴을 각도에 맞추더니 바라봐야 할 지점을 손으로 가리킨다. 눈을 똑바로 뜨라는 지시도 한다. 동양인의 작은 눈을 의식한 배려이리라. 나는 웃고, 고분고분 협조를 약속한다. 어색하고 민망하다. 짧은 시간이나마 그의 포로가 된 기분이다.

손을 따라간 지점에 비둘기가 몇 마리 돌아다니고 있다. 어디선가 먹이를 약속받은 모양으로 연신 구구거리며 사람들 곁을 맴돈다. 평화로운 모습이나 뚱뚱하고 못생겼다. 수의 확산을 막기 위해 사료에 피임약을 넣었기 때문이다.

한때는 관광객을 위한 관상용으로 빠른 시일 내에 많은 비둘기가 필요했으나 이제는 아니다. 기하급수적으로 늘어나는 비둘기 때문에 특단의 조치를 취하지 않을 수 없는 시점에 이른 것이다. 지금도 부모를 따라온 어린아이 하나가 재미 삼아 던져주는 먹이 안에는 어김없이 '조치'가 들어있을 것이다. 피임약이 무언지도 모르는 아이이고, 비둘기다.

비둘기가 날아간 자리에 중년 남자 하나가 의자를 놓고 앉는다. 그의 옆모습을 보며 나는 상념에 잠긴다. 우리는 왜 갑자기 자신의 모습이 궁금해진 것일까.

흔히 말하기를 나이가 육십이 넘으면 얼굴보다 더 확실한 자기 증명은 없다고 한다. 아무리 좋은 옷을 입고 보석으로 치장해도 무심한 순간에 드러나는 자기의 참모습은 피할 수 없다는 얘기이다. 눈과 코, 입술의 외형적인 아름다움에서 벗어나 얼굴 전체에 내면세계가 배어나온다는 뜻으로 들린다.

나는 누구인가. 나는 과연 어떻게 살아왔는가. 무엇을 추구하며, 무엇을 사랑하며 살아왔는가. 나의 온전한 모습은 어떤 것인가.

뜬금없이 한 사람의 얼굴이 떠오른다. 얼마 전 TV에 나온 재미 화가이다. 열아홉 살부터 40년 넘게 이국 생활에 젖은 사람으로 한국적인 한 같은 것이 배어 있는 여자였다. 자기가 그린 자화상을 몇 점 소개하고 있었다. 젊은 날부터 노년에 이르기까지 자신의 생각과 삶이 그대로 드러나는 그림이었다.

그중 하나가 나의 마음을 사로잡았다. 온몸이 갈대에 칭칭 감겨 있는 여인이었다. 그 모습을 보는 순간 번개와도 같이 나의 머리를 치는 것이 있었다. 그래 맞아, 저것이 바로 나의 모습이다. 밧줄이거나 쇠사슬이 아닌 갈대에서 작가의 재기가 번뜩이는구나. 갈대란 무엇인가. 강함이 아닌 연약함이요, 사실寫實이 아닌 낭만이며, 타의가 아닌 자의가 아니던가. 한이기도 하고, 욕망이기도 하며, 미련이기도 할 것이다.

겨울

나 역시 어쩌면 젊은 날을 온통 갈대에 묶여 살아왔는지도 모른다. 자신을 바깥에서 볼 줄 모르는 우둔함에다 인생의 더 깊은 계단을 깨닫지 못하는 미련함 때문이리라. 마음만 먹으면 우두둑 끊고 자유로워질 수 있는 것을. 어느 날 갑자기 깃털처럼 가벼워질 수도 있는 것을. 바람이고자 했고 깃털이고 싶었으나 그 또한 나에게는 부담이었고, 용기가 필요했으리라.

"쎄 피니(다 됐습니다)."

그림을 받아 든 나는 실소를 금치 못했다. 보수적이고 완고하며 소심하기 짝이 없는 한 동양 여인이 깊은 상념에 잠겨 있다. 그 표정이 너무 진지하여 어쩌면 화가는 진심으로 나의 고민이 무엇인지 궁금했을 수도 있겠다. 모델이 되는 동안에도 잠시도 쉬지 않고 지구 온난화, 중동 문제, 혹은 인종 문제를 깊이 고심하는 줄 알고 심심深深한 위로의 말을 건네고 싶었을 수도 있겠다.

나의 고민이 기껏 비둘기의 피임약과 갈대였음을 어떻게 설명할까. 그림 그리는 동안 내내 너무 춥고 화장실도 가고 싶어서 괜한 일을 마련했다고 후회하고 있었을 뿐이었음을 어떻게 고백할까. 은밀한 장난기가 마음속에서 산들바람처럼 일어난다. 오해란 때로는 달콤한 것이다.

표구한 그림을 아들이 구태여 내 방 침실에 걸고 있다. '아크릴로 하려고 했는데 그림이 좋아서 액자로 했다'고 생색을 낸다. 완고하게 그려져서 불만이라는 나의 말은 듣는 둥 마는 둥 하며,

"화가가 제법 그렸더라구요. 엄마의 DNA를 잘 짚은 거죠."

나는 포기하고, 모르는 사람이 그린 나의 얼굴을 받아들이기로 한다. 어쩌면 나는 천재를 만난 건지도 모르겠다. 그 짧은 시간에 나의 갈대를 눈치채지 않았는가. 완고함 속에 숨겨진, 여리면서도 질긴 갈대가 나를 옥죄고 있음을 간파한 것이다. 갈대에 칭칭 감겨있는 또 하나의 여인이여.

겨울

어물전 천사

그는 땅값 비싸기로 소문난 Y 시장 요지에서 어물전을 하고 있었다. 조상 대대로 이어온 터줏대감이라 인근에서는 모르는 사람이 없었다. 성姓씨 또한 김이나 박이 아닌 공씨였으니.

공씨네 가게는 태풍이 닥쳐와도 생선의 구색과 신선도를 보장했다. 게다가 내가 아는 한 그의 포 뜨는 솜씨는 당할 자가 없었다. 그것은 요술에 가까웠다. 종잇장처럼 얇으면서도 끊어지지 않고 탄력이 있었다. 그가 떠 준 생선포로 전을 부치면 명절 음식에 초짜인 새색시라도 결이 살아있는 전이 나왔다. 그의 가게는 특이했고 고급이었다.

이런 공씨에게는 문제가 하나 있었다. 그가 진짜 하고 싶은 일은 생선이 아니라 책을 만지는 일이라는 것이었다. 할아버지의 일을 아버지가 물려받았듯이 자신도 아버지의 일을 물려받았을 때만 해도 별 갈등은 없었다고 했다. 손님도 많았고 돈도 벌었다.

그런데 언제부터인가 '책'이라는 '요물妖物'이 그의 가슴속으로 들어왔다. 요물은 날이 갈수록 세력을 확장하여 그를 지배했다. 주변 사람들의 반대가 심했다. 단골인 나 역시 펄쩍 뛰었다. 그 선택이 얼마나 무모한 짓인가를 열심히 설명했지만 그는 요지부동이었다. 어물전을 그대로 운영하면서 서점에는 사람을 쓰면 안 되겠느냐고 해도 싫다고 했다. 자기가 직접 책을 만지고 진열하고 손님에게 건네야만 직성이 풀린다는 것이었다.

그러면 서점을 그가 운영하고 어물전에 사람을 쓰면 어떻겠냐고 했더니 그것도 안 된다고 했다. 고객이 자기를 보고 오는데 다른 사람에게 가게를 맡기는 것은 고객을 기만하는 것이라고 했다. 그는 마치 돌풍에 휘말린 사람 같았다. 50대 후반에 여자도 노름도 아닌 책에 빠져 버리다니! 결국 그는 어물전을 접고 집 근처에 서점을 하나 차렸다.

이태를 넘기지 못하고 그의 서점은 문을 닫았다. 엄청난 대가를 치른 후였다. 폐업의 주원인은 그의 고집이었다. 팔리는 책과 팔고 싶은 책의 조화가 이루어지지 않았던 것이었다. 그는 이문에 관계없이 자기가 팔고 싶은 책을 주로 취급하여 고객들의 비웃음을 샀다. 서점이 문을 닫았을 때 가장 문제가 되었던 것도 재고로 남은 책들이었다. 새 주인은 재고 인수를 거부했다. 팔리지 않는 책들은 결국 고물상에서 폐지로 처리되었다. 그는 다시 어물전으로 복귀했다. 저번 가게와는 비교도 안 되는 열악한 환경이었다. 1평이 채 못 되는 크기에다 시장 안에서 가장 목이 나쁜 북쪽 귀퉁이였다. 그의 가게는 이제 더 이상 구색과 신선도를 자랑하지 못했다. 손님이 민어나 해파리, 새우 같은 귀한 해물을 찾으면 다른 가게로 달려가 구해다 주어야 하는 형편이었다. 그나마 다행인 것은 단골손님들이었다. 소문을 들은 사람들이 하나둘씩 다시 가게를 찾기 시작했는데 아무도 그의 '일탈'을 비난하는 사람이 없었다. 그들은 공씨가 심혈을 기울여 구입한 책들이 고물상으로 넘어간 이야기에 한숨 쉬며 귀를 기울였다. 좁고 비린내 나는 가게 한쪽에 서서 팔뚝만 한 방어가 눈 깜짝할 사이에 얄핏얄핏한 전으로 되살아나는 모습도 지켜보았다.

더러는 보온병에 생강차를 달여와서 권하는 사람도 있었다. 잠시 쉴 때 무릎이라도 덮으라고 미니 담요를 갖다주는 사람도 있었다. 공씨 아내도 모습을 나타냈다. 이태 전까지만 해도 가게에 아무리 손이 부족해도 공씨는 아내에게 생선을 만지게 하지 않았다. 명절 대목에 손님이 많아 눈코 뜰 새 없이 바쁠 때면 사람을 썼다. 전 뜨는 일은 밤을 새워 혼자서 감당했다.

그러나 지금은 사정이 달라졌다. 공씨가 장애인 시설에서 봉사활동을 시작해 자주 자리를 비우게 되었기 때문이다.

"이 판국에 봉사는 무슨…."

사람들이 마뜩잖은 얼굴을 하면 공씨의 부인은

"힘들지 않을 때는 어려운 사람의 고충이 보이지 않더라고요. 우리가 실패하고 힘든 상황이 되어 보니까 비로소 그 사람들이 눈에 들어오기 시작한 거죠."

라며 남편을 옹호했다. 간간이 단골에게는 커피를 내어 오기도 했다. 선 채로 커피를 마시는 사람들에게 공씨는 서점 운영이 잘못된 선택은 아니었다고 역설했다. 책을 접한 것이 남을 돌아보는 계기가 되었다는 것이었다.

실제로 그는 손바닥만 한 어물전에서 나오는 수입의 절반을 흔쾌히 장애인 시설에 보내고 있었다. 돈 잘 벌고 주위에 사람들이 득실거렸을 때는 상상도 못 했던 일이었다.

단골손님들과 함께 커피를 마신 공씨가 명태포를 뜨기 시작했다. 봉사활동 때문에 자리를 비울 경우에 대비해서 너덧 마리씩 미리 떠서 포장해 두는 것이었다.

그의 손이 날렵하게 움직이는 동안 공씨 아내는 생선 대가리와 내장들을 챙겼다. 무 듬성듬성 썰어 넣고 고춧가루 얼큰하게 한 찜통 끓여서 봉사 시설에 보낸다고 했다. 손님들은 모두 고개를 크게 끄덕였다. 공씨 부부의 편안하고 환한 얼굴은 마치 천사가 멀리 있지 않음을 증명이라도 하는 것 같았다.

겨울

개와 낭만

제주에 사는 아들 내외가 전원주택으로 이사한 것은 전적으로 개와 고양이 때문임을 나는 안다. 놈들은 주인이 부부로 합칠 때 자연스럽게 한 가족이 되었다. 그러나 아파트에서 개 두 마리와 고양이두 마리를 기르는 것은 무리였다. 더구나 사이 나쁘기로 유명한 견묘지간이 아닌가. 아들 내외는 의논 끝에 아파트에서 주택으로 집을 옮기기로 결정을 했다. 은행 융자까지 낀 간 큰 지출이었다.

젊은 부부의 전원주택 이사는 양가를 흥분시켰다. 육지도 아닌 제주도에, 그것도 이효리가 산다는 애월이었다. 가족, 친지들은 다투어 방문을 신청했다. 집 주인이 일정을 조정했다. 사돈댁과 나는 가족들과 함께 주말에 초대되었다. 도합 11명이었다.

집에 도착하자 성별과 연령별로 감탄이 쏟아졌다. 네댓 살 된 꼬맹이들은 개와 고양이에 열광했다. 아파트에 갇혀 있던 개들이 마당에 나와 뛰어 놀고 있었다. 아이들을 보자 미친듯이 반기며 동지애를 발휘했다.

젊은 엄마들은 오션 뷰에 관심을 보였다. 그녀들은 바다를 처음 보는 사람처럼 팔을 들어 가슴을 부풀리면서 심호흡을 했다. 나지막한

돌담이며 한적한 마을이 그녀들을 사로잡았다. 뜬금없이 이효리의 근황을 묻기도 했다.

젊은 아빠들은 근처에 있는 골프장에 관심을 보였다. 그들은 아들 내외가 반려동물을 포기하지 않고 기꺼이 이사를 결심한 데 대해 찬사를 보냈다. 자연과 동물을 가까이하는 삶이야말로 21세기를 사는 우리 모두의 로망이라고 추켜세우기까지 했다. 사돈과 나는 집 내부를 꼼꼼히 살폈다. 대체로 만족했다. 아침이 오기 전까지는.

아침이 되자 우리는 새로운 국면에 맞닥뜨렸다. 밤새 내린 폭우로 담장이 무너진 것이었다. 하필이면 일요일이었다. 어디에도 도움을 청할 데가 없었다. 우리 중 아무도 담을 쌓아본 사람이 없는 터라 아들은 처남, 매형과 함께 무너진 담장 옆을 맴돌다 비만 맞고 들어왔다. 현관문을 들어서는데 이층에서 내려오던 며느리가 비명을 질렀다. 계단 쪽 천장에서 비가 새고 있는 것이었다. 걸레를 가져와라, 양동이는 어디 있나 허둥대는 와중에 아이들이 거실로 들어온 개를 보고 함성을 질렀다. 멀쩡한 개집을 두고 비 맞을까 봐 사돈이 안으로 들여온 것이었다. 거실에 있던 고양이가 개한테 놀라 쏜살같이 이층으로 올라가니 사돈댁 손녀가 울음을 터뜨렸다. 난리도 그런 난리가 없었다.

아침을 먹었다. 늦은 아침이었다. 일요일 스케줄은 서명숙 올레길 이사장이 추천하는 〈시크릿 가든〉 투어였지만 그럴 계제가 못 되었다. 우리는 각자의 생각에 잠겨 조용히 밥을 먹었다.

동서고금의 역사에는 언제나 내분이 존재한다. 우리에게도 어느새 그러한 조짐이 꿈틀거리고 있었다. 보수와 진보의 대립이었다.

겨울

보수 쪽에서는 담장을 보안의 개념으로 이해했다. 무슨 일이 있어도 오늘 중으로 담장을 고쳐 놓아야만 했다. 밤을 틈타 도둑이 들어올 수 있기 때문이었다. 한편으로는 아들 내외에 대한 염려 섞인 의혹도 있었다. 젊은 것들이 외양만 보고 집을 잘못 선택한 것이 아닐까. 감상에 치우쳐 부실 공사업자에게 속은 것은 아닐까. 반려동물 때문에 은행 융자까지 떠안아 가며 이사한 일이 잘한 짓일까. 개든 고양이든 동물은 결혼과 동시에 포기해야만 했던 것이 아니었을까.

진보 쪽에서는 담장을 경계의 개념으로 받아들였다. 결혼 전 총각은 개를 키우고 있었고 처녀는 고양이를 기르고 있었으니 주인이 결혼할 때 놈들도 당연히 가족이 되는 것이 아닌가. 제주 기후의 특성상 돌담은 얼마든지 무너질 수 있었다. 내일쯤 시공업체에 연락해서 무너진 담을 고치면 될 일이었다. 어차피 성인 허리 높이도 안 되는 담이니 도둑과는 상관없었다. 도둑 문제는 경비 업체에서 관리할 문제였다. 비도 그쳤으니 낮에는 〈시크릿 가든〉을 투어하고, 저녁에는 새집에서 조촐한 오프닝 파티라도 열면 좋을 것이었다.

보수가 선수를 쳤다. 밥숟가락을 놓자마자 수장인 사돈이 담장을 고치겠다고 나선 것이다. 진보 수장인 아들이 말렸다.

"아버님, 안 돼요. 제주 돌담은 쌓는 노하우가 따로 있어요. 우린 못 합니다. 〈시크릿 가든〉이나 갑시다."

"〈시크릿 가든〉은 개뿔! 남자들은 담을 쌓고 여자들은 화단이나 수습해. 풀도 좀 뽑고!"

졸지에 일꾼으로 투입된 우리는 담장을 고치고, 화단을 수습하고,

풀을 뽑았다. 안사돈은 한술 더 떴다. 며느리와 함께 그릇을 통째로 꺼내 놓고 부엌 구석구석을 정리했다. 편한 백성은 개와 고양이들뿐이었다. 신이 난 개들은 아이들과 함께 한갓지게 동네 나들이까지 다녀왔고, 소심한 고양이들은 번거로움을 피해 2층에서 낮잠을 즐겼다.

저녁 시간이 되었다. 아들이 슬그머니 나한테 오더니 외식을 하자고 했다. 〈시크릿 가든〉을 갔으면 투어 마치고 수산시장에 들러 회를 좀 사 오려 했는데 계획이 무산되어 저녁 반찬이 마땅치 않다는 얘기였다. 아무도 나가고 싶어 하지 않았다. 노동에 지쳐 아무렇게나 한술 뜨고 쉬고 싶은 생각뿐이었다. 꼬맹이들은 배고프다고 칭얼대기 시작했다. 엄마들이 부실한 반찬으로 식사를 준비했다.

맥주가 나왔다. 담 쌓기에 성공한 사돈이 기분이 좋아져서 우리 모두에게 한 잔씩 따라 주었다. 우리는 안주도 없이 벌컥벌컥 들이켰다.

바로 그때였다. 마당에서 무슨 소리가 들리는가 싶더니 아들이 쏜살같이 뛰쳐나갔다. 아들은 좀체 돌아오지 않았다. 무슨 일인가 하고 술잔을 든 채 밖으로 나간 우리는 벌어진 입을 다물 수가 없었다. 남자 넷이 하루 종일 공들여 쌓은 돌담이 장난감처럼 와르르 무너진 것이 아닌가.

그 옆에는 개들이 곤히 잠들어 있었다. 낮 동안 꼬맹이들과 설쳐대느라 피곤했던 모양이었다. 놈들은 담장에는 관심이 없어 보였다. 담이 무너졌거나, 고쳤거나, 고친 담이 다시 무너졌거나 놈들과는 아무 상관이 없는 것이었다. 두 다리를 한껏 뻗고 잠든 모습이 세상 다 가진 듯 편안해 보였다.

겨울

발

신문을 보니 미수(88세)를 맞은 할머니가 중환자실에 있는 남편을 위해 발 장갑을 뜨고 있는 사진이 나와 있다. 남편의 발이 하루하루 차가워져 가는 것이 안타까워 뜨개질을 시작했다고 한다.

할머니의 연세 또한 가볍지 않으신데 대단하다는 생각이 들었다. 주름 가득한 얼굴에 돋보기를 걸치고 남편을 위해 한 코씩 힘들게 뜨개질에 몰두하는 모습을 보니 마음이 짠하다.

에스키모인들의 풍습 하나를 떠올린다. 그들의 신발은 장화이다. 추운 지방에서 발을 보호하기 위해 만든 그 폐쇄성 신발은 발목을 감싸는 것이 특징이다. 특히 해변이나 빙설氷雪, 진흙, 모래땅에서 매몰되거나 미끄러지는 것을 방지하기 위해 만든 것이라 벗기가 불편하다.

일터에서 돌아온 남편의 발을 구두 속에서 뽑아내는 것은 아내의 몫이다. 하루 종일 빙하의 날씨에 혹사당한 발은 얼었다 녹기를 되풀이하는 동안 물먹은 나무토막이 되어 있다. 아내는 구두에서 힘들게 뽑은 발을 씻기고 닦아서 젖가슴에 품는다. 남편의 편안한 숙면을 위해 자신의 체온으로 발을 덥혀주는 것이다.

우리나라에도 발에 얽힌 아름다운 이야기가 있다. 10여 년 전 23개 언어로 발행되는 내셔널 지오그래픽은 16세기 조선시대에 만들어진 짚신 한 켤레를 소개했다. 경북 안동에서 택지를 개발하기 위해 선조의 묘를 이장하는 과정에서 남자 미라와 함께 머리카락으로 삼은 짚신 한 켤레가 발굴된 것이다.

남편이 요절하자 아내가 자신의 머리카락을 잘라내어 짚신 한 켤레를 삼아 관 속에 넣었다. 현대의 남녀평등 사상에 비춰볼 때 과연 여인에게 그토록 헌신적인 사랑을 강조하는 것이 옳으냐 그르냐는 별도로 치자. 문제는 사랑의 징표로서 머리카락으로 신발을 삼았다는 사실이다.

그녀는 왜 하필 신발을 만들었을까. 오랫동안 병석에 누워 있는 남편을 두고 그녀는 왜 유독 남편의 발을 걱정한 것일까.

혹자는 이 사실을 철학적 혹은 상징적으로 접근하고 싶어 하지만 나는 반대다. 사랑은 그렇게 복잡하거나 모호한 것이 아니다. 사랑은 보다 단순하고 구체적이다. 특히 부부지간에 있어서는. 아마도 남편의 수면 때문이었으리라 짐작한다. 인간은 몸이 편치 않으면 발이 편치 못하고, 발이 편치 못하면 잠을 이룰 수가 없게 되어 있다. 발은 신체의 온갖 경락과 연결되어 있기 때문이다.

투병 중에도 그녀는 남편의 발을 다스렸을 것이다. 주무르기도 하고 쓰다듬기도 하고 비비기도 하고 품기도 하고 간간이 지그시 눌러 막힌 혈을 통하게도 했으리라. 남편은 아내의 손에 의해 잠시나마 병마의 고통에서 벗어나 편안한 잠에 빠져들곤 했을 것이다. 죽어서도 함께 묻은 짚신을 아내의 손길로 알고 편히 주무시라는 뜻이 아니었을까.

지난 겨울에는 비행기 안에서 재미있는 광경을 목격했다. 영어가 짧은 내가 어렴풋이 알아듣기로 한국의 농촌 신랑과 필리핀 신부인 듯하였다. 신부가 신랑을 거부하여 고국으로 도망친 것을 신랑이 간곡하게 설득하여 데리고 오는 중이었다.

결혼 초기인 듯 신랑은 영어를 모르고 신부는 한국말이 서툴렀다. 필리핀 신부가 영어로 '다다다' 불평을 말하면 한국 신랑이 내용을 짐작하여 '웅얼웅얼' 한국말로 달래는 식이었다. 신부의 영어는 신랑에게 통하지 않고 신랑의 한국어는 신부를 설득하지 못했다. 두 사람 다 대화가 되지 않는 상태에서 말하다가 화내다가 결국은 한숨 쉬는 순간이 여러 번 반복되었다.

신부가 지친 듯 눈을 감고 잠을 청하기 시작했다. 신랑이 조용히 신부의 구두를 벗겼다. 자신의 무릎 위에 신부의 발을 올려놓더니 천천히, 애정을 가지고 발 지압을 시작하는 것이 아닌가. 모른 척 잠을 청하는 신부나 지압에 몰두해 있는 신랑에게 더 이상 말은 필요치 않아 보였다.

나 역시 사랑이 몸으로 완성됨을 안 것은 삶의 현장에서 터득한 수확이다. 삶은 걷거나 달리거나 아니면 마라톤이다. 발로 시작하여 발로 뛰다가 발로써 끝을 맺는다. 전쟁으로 치면 발은 전투부대의 선봉대인 셈이다. 발은 내 것이되 내 것이 아니고 내 것이 아닌 줄 알지만 결국은 내 것이다.

발은 신체의 마지막이다. 얼굴에 앞서 발부터 먼저 씻는 사람도 없을 뿐 아니라 낯선 사람과 인사할 때도 손을 내밀지 발부터 먼저 내는 풍습은 없다. 남편에게 피곤한 발을 맡길 수도 있지만 어려운 자리에 맨발을 함부로 내놓아서는 안 된다. 언제나 묵묵히 가장 낮은 곳에서 몸의 무게를 감당하고 이동하는 수고를 담당하는 것이 발이다. 예수가 제자의 발에 입 맞추는 것도 가장 낮은 곳에서 당신을 경애한다는 뜻이 아니던가.

나도 이제 누구든 만나면 발의 안부도 좀 물어야겠다. 잘 지내시죠? 당신의 발도 편안하신가요?

나의 발도 나 스스로 경외심을 갖고 다스려야겠다. 경락마다 문안 인사하듯 아침, 저녁 꾹꾹 눌러주고, 비비고 주무르고 두드려서 발바닥까지 시원하게 풀어 주리라. 밤이면 따뜻한 물에 발을 담그고 하루의 수고에 대해 경의를 표하리라.

그런데 미수를 맞은 할머니의 발은 어떻게 할까.

차가워지는 할아버지의 발을 위해 뜨개질에 몰두하고 있는 할머니의 메마른 발은 누가 있어 피가 돌게 만져드릴까.

겨울

아버지의 모자

모자를 보면 돌아가신 친정아버지가 생각난다. 유난히도 모자를 좋아했기 때문이다. 집 안 곳곳에 모자가 어지럽게 널려 있어 엄마의 지청구를 들었다.

"모자 가게 차려도 되겠소."

마침내 구석방 벽 하나를 차지해서 종류별로 차례로 걸어놓기 시작해서는 집 안에서도 모자를 쓰고 있는 게 문제가 되었다.

"밥 먹다가 모자는 왜요?"

"감기 기운이 있나 보오."

"밤에도 쓰고 주무시구려."

아버지에게 모자는 무엇이었을까. 평소 어떤 상황에도 우기거나 주장하는 법이 없는 무골호인이었다. 창문 하나 여는 것도 엄마한테 물어보고 열던 아버지가 하찮은 모자로 왜 그렇게 엄마의 속을 뒤집 었을까.

모자는 흔히 신분 표시용으로 사용하거나 장식용으로 쓰거나 신체 보호용으로 활용한다고들 한다. 그러나 지금은 21세기다. 왕도 없고,

양반도 없으며, 독립운동가도 없으니 신분 표시용은 아니라고 봐야 할 것이다. 장식용으로 보기도 어렵다. 아버지는 영화배우도 아니고, 시인도 아니며, 대머리도 아니었기 때문이다. 신체 보호용이 아니었 겠느냐고? 열대지방도, 북극지방에 사는 것도 아닌데 무슨 신체 보호용? 수렵꾼도, 어부도 아닌데 무슨 신체 보호용?

의문은 뜻밖에도 쉽게 풀렸다. 임종을 한 달여 앞두고 명절이 닥쳤을 때였다. 치료도 바닥을 보이는 데다 명절이라 병원에서 집으로 옮기게 되었다. 폐암이었다. 집안 분위기는 무거웠다. 온 가족이 말은 아꼈지만 저마다 이번이 아버지와 함께 지내는 마지막 명절이 될 거라는 생각을 하고 있었다. 타지에 가 있는 자식들도 모두 모였다.

차례상을 보는 중 아버지가 나에게 다락 깊은 곳에서 흑립을 꺼내오게 했다. 조선시대 양반들이 의관을 갖출 때 쓰던 검은 갓이다. 아버지의 할아버지 대부터 내려온 물건으로, 검은 옻칠이 희끗희끗 바랜 말총 갓이었다.

10년여 전부터 우리 집은 제사 의례의 간소화로 남자는 양복, 여자는 평상복으로 대체해 오던 터였다. 제사 때 아버지가 갓을 안 쓴 지도 그보다 훨씬 오래전부터였다. 집안 어른이 남긴 물건이라 차마 버리지 못하고 다락 위 구석 자리에 두었던 것인데 아버지가 그것을 기억해 낸 것이었다.

나는 어렵게 갓을 찾아 아버지에게 건넸다. 볼품없이 해지고 낡은 물건이었다. 모처럼 두루마기까지 차려입은 아버지는 오래된 갓을 두 손으로 정중하게 모셔 머리 위에 얹었다. 손자들이 양쪽에서 팔을 잡고 차례상 앞으로 모셨다.

아버지는 깊은 숨을 들이쉬고 조상께 절을 올렸으나 일어나지를 못했다. 무릎이 꺾이면서 쓰러지는 바람에 차례는 일제히 눈물바다가 되었다. 엄마가 조용히 아버지에게 다가가 갓을 벗겼다. 아버지가 이승에서 마지막으로 쓴 모자였다.

장례가 끝나자 화제는 잠시 아버지의 모자로 이어졌다. 제례복 한번 격식에 맞게 차려입는 것마저 허례허식이라고 생략한 영악한 후손들에게 다락 깊은 곳에서 꺼내 온 흑립은 감동이었다. 그러나 그뿐, 자식들은 금방 일상으로 돌아갔다. 쓸 만한 모자 몇 개만 나누어 갖고 나머지는 폐기 용품으로 분류했다. 유품 정리는 평화적으로 끝났다. 건물도, 주식도 아닌 모자를 나누는 일이라 분쟁 거리가 못 되었다.

누군가가 '아버지는 도대체 모자를 왜 그렇게 챙기신 거야?' 하고 의문을 던졌으나 대답은 없었다. 단지 이상하게도 죽음을 앞두고 두루마기에 낡은 갓까지 쓰고 혼을 바쳐 조상께 절을 올리던 아버지의 마지막 그 모습만은 오래도록 자식들 마음에 남아 있었다.

쉘 위 댄스

수필 교실 연말 행사를 준비하던 중 행운이 터졌다. 과분하게 넓은 장소가 확보된 것이다. 1, 2부의 공식행사가 끝난 후 3부 마지막 순서로 블루스 타임을 넣을 수 있게 되었다. 중년의, 고리타분한 글쟁이들의 모임이라 익숙하진 않겠지만 한 번쯤 시도해 보고 싶었던 프로그램이었다. 블루스가 뭐 별건가. 기분 좋은 사람과 손잡고 잠시 리듬에 몸을 맡겨보는 것이 아닌가. 회원들의 얼굴이 복잡해졌다. 더러는 손사래를 치고, 더러는 환호했다.

파트너 문제가 대두되자 재미있는 현상이 일어났다. 남자들은 춤을 리드해야 하는 부담감을 드러냈고, 여자들은 남에게 보이는 것에 신경을 썼다. 불행하게도 회원 중에는 춤을 잘 추는 남자도 없었고, 외모가 출중한 여자도 없었다. 대한민국 평균치의, 그렇고 그런 중년들로서 조금 문화적인 사람들일 따름이었다. 문화는 인간을 설레게 한다. 영화 '쉘 위 댄스?'의 주인공들처럼 말이다.

'쉘 위 댄스?'에서도 지루한 일상에 찌든 중년 남자가 주인공이다. 지극히 상식적인, 이웃집 아저씨 같은 중년 남자가 춤을 통해 생활의 활기를 찾는다는 내용이다. 우리의 주인공들도 별반 다르지 않았다. 젊은 날 어쩌다 껌을 좀 씹었거나 클럽에 다닌 경험이 있다 해도 지금은 세금 잘 내고 가정에 충실한, 머리 희끗희끗한 중년들이었다. 단한 사람, 그 남자 Y만 빼고는.

Y는 군살 없이 다듬어진 몸매에 옷을 썩 잘 갖추어 입었다. 시계, 벨트, 지갑도 명품이었을 뿐 아니라 목걸이도 자주 하고 다녔다. 우리는 모두 그를 바람둥이로 지목했다. 춤 정도야 문제가 없을 거라고도 생각했다. 그가 나에게로 와서 자기는 블루스를 전혀 못 춘다고 고백했을 때 나는 좀 놀랐다.

"언젠가 무슨 댄스 배우러 다닌다고 하지 않았어요?"

그건 스포츠 댄스라고 했다.

"스포츠 댄스나 블루스나~. 경연대회를 하는 것도 아니고~."

그가 정색을 하며 아니라고 말했다.

"블루스가 스포츠 댄스와 어떻게 다르냐 하면요~."

"마 됐어요. 국어 잘하는 학생이 영어도 잘하는 거지. 춤 문외한도 잘도 나서두만!"

선생 아니랄까 봐 내가 윽박질렀다. 여자 회원들도 그를 놓아주지 않았다. 파트너들이 시원찮아서 내켜 하지 않은 것으로 생각하고 언짢아하는 회원들도 있었다. 내가 설득에 나섰다. 아마추어 집단이니까 신경 쓰지 말라고 달랬다. 그는 마지못한 얼굴로 알았다며 물러났다.

행사를 며칠 앞두고 그가 다시 나를 찾아왔다. 코밑이 헐고 얼굴이 형편없었다. 그가 손가락으로 자신의 코밑을 가리키며 말했다. 어쩔 수 없어 속성반에 등록하여 블루스를 배우기 시작했는데, 코에 단내가 나도록 연습해도 시간이 너무 촉박해서 스텝을 익히지 못했다는 것이었다. 나는 그를 똑바로 쳐다보았다. 벌어진 입이 닫히지를 않았다. 그게 무슨 대단한 일이라고 속성반씩이나 등록을? 예체능 입시생도 아닌데 코에 단내가 나도록 연습을?

"춤이란 게 그런 게 아니거든요. 아무리 연습해도 이게 잘 안 되어서 말이지요."

그가 가볍게 스텝을 밟아 보이는데, 갑자기 주변이 환해지는 이변이 나타났다. 사방이 달달한 리듬으로 채워지면서 꽃이 우우 피어나는 것 같기도 했다. 나는 그를 다시 보았다. 섬광처럼 그를 이해했다. '앎은 자신의 모자람을 아는 것'이라는 말이 옳았다. 우리는 모두 Y만큼 '안 되는' 수준에 이르지 못한 것이었다. 이르지 못했기에 무책임하게 윽박질렀고, 무지했기에 언짢아했던 것이었다.

다행히도 블루스 타임은 반응이 좋았다. 대머리에게나 배불뚝이에게나 춤이란 즐거운 것이었다. 음향 담당이 네댓 곡 메들리로 깔아준 것도 한몫했다. 회원들은 더러 발을 밟고 밟히기도 하면서 기분 좋게 아름다운 밤을 즐겼다. 객석에 앉아 와인을 마시고 있는 나에게 엄지척을 들어 보이는 회원도 있었다. 나도 손을 들어 화답했다.

Y가 다가왔다. 블루스 팀에 끼지 않아 한결 편안해진 모습이었다. 코밑의 헌 자국도 가라앉을 조짐을 보이고 있었다. 그는 잔을 들어 건배를 신청하며 이해해 줘서 고맙다고 말했다. 2년쯤 후에는 자신도

블루스를 '조금' 출 수 있을 것 같다고도 했다. 나는 그를 보며 다시 '쉘 위 댄스?'를 떠올렸다. 영화는 동명同名으로 미국과 일본에서 만들어 졌었다. 우리는 느끼한 '리처드 기어'보다는 담백한 '야쿠쇼 코지'가 좋았던 것 같다고 동감하며 잔을 부딪쳐 건배를 나누었다.

가족사진

가족사진 한 장 정도는 있어야겠다는 생각이 들기 시작했다. 그 생각은 제법 오래되었다. 자식들한테마저 말 못 하고 있었던 것은 남편의 부재 때문이었다. 그는 오래전 세상을 떠났지만 내게는 여전히 '부재중'이었다. 그의 부재가 가족을 미완의 상태에 머물게 했다. 부재중인 가장을 두고 어찌 가족사진을 찍겠는가.

세월이 흐르고, 자식들이 또 다른 가정을 이루고, 무엇보다 나 또한 '부재'를 눈앞에 두고 있다는 사실에 직면하니 남은 가족끼리나마 사진 한 장은 남겨야 하지 않겠느냐는 생각이 들었다. 자식들이 반색을 했다. 넷 중 둘은 한국에 살고 둘은 외국에 사는 입장이라 여행 삼아 한국 팀이 출국을 해서 그쪽 형제들과 합치기로 했다.

섭외가 된 프랑스의 사진작가는 대단한 프로였다. 배우자들까지 합쳐 십여 명이나 되는 가족의 상황을 손바닥처럼 훤하게 꿰고 있어 놀라웠다. 큰애와의 사전 인터뷰가 주효했던 모양이었다. 드레스 차림, 정장 차림, 운동복 차림으로 상황에 맞추어 오후 내내 사진을 찍었다. 화기애애한 분위기였다. 스튜디오는 웃음소리가 끊이지 않았다. 멋내느라 아들, 사위들까지 아내에게 얼굴을 맡긴 채 분첩 서비스를 받는 것도 미소를 짓게 했다.

"자, 이번에는 오리지널들끼리 포즈를 잡아볼까요?"

백 씨들끼리만 찍어 보겠다는 얘기였다. 나는 잠깐 나의 신분을 망각했다. 당연한 듯이 소파로 가 앉았더니 작가가,

"이상하네요. 네 명이라야 하는데 왜 다섯 명이죠?"

자기 성姓도 모르는 등신이 누구인가 싶어 뒤를 흘낏 돌아보는 나를 보고 아들이,

"어머니도 백 씨입니까?"

웃음이 빵! 터졌다. 그렇다. 나는 박 씨보다 더 오랜 세월을 백 씨로 살아왔다. 백 씨한테 시집와서 백 씨 아이를 낳고 살았다. 인간에게 '길들임'이란 얼마나 무서운가. 짧은 순간이나마 나는 나를 백 씨로 착각하고 말았던 것이다.

어쩌면 나는 그동안 자신을 아예 백 씨로 알고 살아왔는지도 모를 일이다. 소파의 그 자리는 아마도 부재중인 그의 자리였을 것이다. 그가 살아있다면 자식 넷을 병풍처럼 거느리고 자랑스럽게 앉아 있지 않았을까.

촬영을 마치자 예약된 레스토랑으로 저녁을 먹으러 갔다. 둘째 사위가 와인을 따르기 시작했다. 약속이라도 한 듯 우리의 마음속으로 부재중인 그가 들어왔다. 어렵게들 모여 가족사진을 찍고 있다는 소문을 들은 모양이었다. 성씨마저 혼돈한 나의 아둔함을 흉보고 싶었는지도 모른다. 아니면 오랜만에 자식들과 함께 와인이라도 한 잔 들

고 싶었을까.

　우리는 침묵 속에서 조용히 그를 맞이했다. 슬픔인지 그리움인지 눈앞이 흐려졌다. 그 없이 아직도 멀쩡하게 살아있음이, 그 없이 이렇게 염치없이 모여 있음이 미안하고 서운했다.

　"다들 잘하셨지만 어머님 표정이 특히 좋았어요."

　작가가 말문을 열며 침묵을 깼다. 오리지널 사진 때의 민망함을 덜어주려는 배려일 것이다.

　"그럴 리가요. 나이 들면 자기 성도 잊어버리는 모양이에요."

　다시 하하 웃음이 번졌지만 내가 잠시 착각한 그 자리가 부재중인 가장의 자리였음을 모르는 사람은 없었다. 그가 없어 아직도 여전히 미완의 가족사진이 되었음도 모르는 사람이 없었다. 우리는 식사를 시작했다.

겨울

구석방

'오버 더 펜스Over the Fence'라는 말이 있다. 담 너머가 좋아 보인다는 뜻이다. 나는 어렸을 때부터 외동딸이 부러웠다. 형제 많은 집에서 네 것 내 것 구분 없이 어수선하게 자라왔기 때문일 것이다.

형제뿐인가. 당시는 시골에 사는 친척들이 자식들을 공부시키려고 도회지 친척 집에 맡기는 것이 다반사였다. 우리 집에도 형제 외에 같은 또래의 남자아이나 여자아이가 늘 있었다. 이종사촌이 끝나면 고종사촌이 들어오고 연이어 육촌이 들어왔다. 남자, 여자 두 명이 겹칠 때도 있었다. 자질구레한 트러블은 있었으나 큰 다툼은 없었다. 통념이란 무서운 것이어서 좋은 때나 나쁜 때나 그러려니 하고 지냈던 것 같다.

외동딸 친구가 생긴 것은 초등학교 저학년 무렵이었다. 그 아이는 얼굴도 예쁜 데다 머리 장식이 특히 예뻤다. 내가 먼저 접근했고 우리는 금세 친구가 되었다. 그 아이의 집에 놀러 갔을 때 엄마한테도 나는 반했다. 맵시도 고운 데다가 사람을 끄는 묘한 분위기가 있었다. 내 엄마한테 없는 향기 비슷한 것도 느껴졌다.

무엇보다 나는 그 아이의 방이 부러웠다. 태어나서부터 한 번도 내 방을 가져본 적이 없는 나로서는 초등학생 여자아이가 온전히 자기만의 방을 가진 것이 너무 근사해 보였다. 방은 깨끗했고, 아기자기했다. 책상 위에는 꽃병이 있었고, 책꽂이에는 위인전과 동화책이 전집류로 꽂혀 있었다.

나는 매일 그 집에 가서 책을 읽었다. 그 아이가 없을 때도 나 혼자 오랫동안 책을 읽었다. 읽으면서 나는 간절히 나만의 방을 소망했다. 어른이 되면 손바닥만 한 구석방이라도 좋으니 반드시 나만의 방을 가지리라 다짐했다.

외동딸 친구는 나와 반대로 식구 많은 우리 집에 놀러오기를 좋아했다. 나의 남동생들과도 잘 어울렸다. 그것이 우리가 헤어지는 계기가 될 줄은 꿈에도 생각 못 한 일이었다. 남동생과 뒤뜰에서 소꿉을 놀던 중 그 아이 입에서,

"오늘은 수요일이니까 아빠 오시는 날로 하자."

"알았어."

아빠 역할을 맡은 남동생이 대문을 열고 들어오는 장면을 눈여겨보던 엄마로부터 그 아이의 엄마가 첩인 것이 밝혀진 것이었다.

우리는 그 아이와 더 이상 놀 수 없게 되었다. 아버지까지 나서서 같이 놀지 말라는 바람에 우리의 친구 관계는 끝이 나고 말았다. 나는 그때 상처를 입었다. 나쁜 사람들이 왜 그토록 매혹적인지 혼란

스러웠고, 무엇보다 그 아이의 예쁜 방에 놀러 갈 수 없음이 아쉬웠다.

결혼을 하고, 나에게도 구석방이 하나 생겼다. 시댁에서 아들의 결혼을 앞두고 살던 집을 헐고 그 땅에 새집을 지으면서 북쪽 귀퉁이에 '비밀의 방'을 하나 넣었던 것이다. 총감독을 맡은 외백부님의 탁월한 안목이었다. 그야말로 손바닥만 한 구석방이었다. 가구라야 침대와 책상이 전부였다.

그 방은 시어머니와 내가 주로 사용했다. 시할머니까지 4대가 모여 사는 집이라 구석방은 우리에게 숨통이었던 셈이었다. 어머님은 주로 그 방에서 토막잠을 주무셨고, 나는 신문을 읽거나 차를 마셨다. 그 짧은 '혼자 있음'이 그렇게 좋을 수가 없었다. 새집이라 햇빛도 잘 들고 방도 여럿이었지만 득실거리는 사람들 속에서 우리에게는 빛도 안 드는 은밀한 그 방이 최고의 안식처였다.

어느 날 구석방에 침입자가 생겼다. 남편이었다. 간 수술 후 남편에게는 잠 못 이루는 밤이 계속되었다. 퇴원하자 바로 구석방으로 직행했다. 안채로부터 떨어져 있어 수면 몰입도가 높지 않겠느냐는 판단이었다.

판단은 어긋났다. 그 방에서도 그는 거의 잠을 못 잤다. 궁여지책으로 내가 지압을 익혔는데, 남편은 나의 지압을 편안해했다. 전신 지압보다 발 지압을 선호했다. 침대 발치에 앉아 남편의 두 발을 무릎에 올려 놓고 발바닥을 중심으로 혈을 따라 지긋이 눌러 주면 잠깐이나마 깊은 잠에 빠지곤 했다. 발은 우리 몸의 모든 장기와 연결이 되어 있기 때문이었다. 나는 틈만 나면 구석방을 찾아 남편의 발을 다스렸다.

사달이 났다. 시이모님께서 결혼한 딸들까지 대동하고 병문안을 오셨는데 침대에는 내가 곤히 잠들어 있고 환자는 의자에 앉아 있는 것이 아닌가. 지압하다가 발을 끌어안고 나도 모르게 잠이 들었던 모양이었다. 잠은 거짓말을 못 하는가 보았다. 남편이 잠을 못 자 그 고생을 하는 와중에도 나는 잠을 못 이겨 남편을 침대에서 쫓아낸 형국이었으니 말이다.

어쩌면 구석방이 나한테는 피신처였는지도 모르겠다. 층층시하에, 아픈 남편에, 아이까지 달린 여자가 하루 온종일 집 안 곳곳을 맴돌다 돌아온 구석방, 발치에 앉아 남편의 발을 잡으면 잠부터 쏟아졌던 게 사실이었다. 참으로 황당하고 어이가 없는 일이었다. 잠의 배반이었다. 남편은 고슬고슬 잠에 빠진 아내를 보며 어떤 생각이 들었을까. 살그머니 침대에 뉘어 놓고 자신은 의자에 앉아 무슨 생각을 했을까.

세월이 흘러 이제 나는 온전히 나만의 방을 가지고 있다. 어린 시절과 젊은 날에 그토록 소망했던 방보다 훨씬 크고 넓은 공간이다. 그러나 이 방은 공간의 개념을 벗어나지 못한다. 빛 잘 들고 안락한 생활공간일 따름이다. 내 마음속의 방은 인어공주와 나이팅게일이 있던 외동딸 친구의 방이며, 남편의 발을 가슴에 부여안고 쏟아지는

겨울

잠과 치열하게 싸우던 구석방이다.

짜릿하고 가슴 뛰던 그 방들은 이제 모두 나에게서 떠나갔다. 어쩌다 꿈결처럼 그 방들을 떠올릴 때면 메마른 가지가 빗물을 머금듯 가슴 한쪽이 젖어 들면서 그리움인지 회한인지 목이 메기도 한다.

아하

이집트 카이로에서 아스완으로 가는 기차 안이다. 기차는 밤새도록 별을 이고 남쪽을 향해 달린다. 좁고, 불편하고, 냄새까지 심한 침대칸이지만 사막을 가로지르는 설렘이 있다. 촘촘한 여정으로 지친 우리는 세수도 거른 채 이층 침대 한 칸씩을 차지하고 잠에 떨어졌다.

새벽 3시쯤 되었을까. 화장실에 가고 싶어 눈을 떴다. 기차를 탈 때 첫 번째 칸이었던 것만 기억하고 무심히 방을 나섰다. 찾아간 화장실은 누군가 사용 중이었고, 다음 화장실에는 휴지가 없었다. 조금 더 돌고 한 번 더 돌아서 일을 보고 나서 첫 번째 방문을 열려 하니 그새 문이 잠겨 있었다. 호텔이 아니니 자동적으로 잠겼을 리가 없는 터라 룸메이트인 친구가 잠갔으리라 짐작되었다. 문을 두드렸다. 얼굴과 가슴에 털이 수북한 남자가 문을 연다. 외국인이다. 무섬증이 확 덮쳐 온다. '쏘리. 쏘리. 아이브 롱 룸넘버' 황급히 문을 닫는다.

분명히 첫 번째 방이었으니 그럼 저쪽 끝인가? 뚜벅뚜벅 걸어가서 끝방 문손잡이를 살며시 돌려 본다. 성공이다. 열린다. 방 안으로 성큼 들어선다. 순간, 낯선 남자가 침대에서 몸을 벌떡 일으킨다. 이번

겨울

에는 한국인이다.

"누구시오?"

"아이고!"

복도로 나와 자초지종을 들은 남자는 나의 아래위를 훑어보더니.

"7번이겠네요." 하며 자기 방으로 들어가 버린다.

방은 1호부터 20호까지 있다. 방문 앞에 그렇게 쓰여 있기도 하다. 내가 자신 있게 기억하는 것은 기차를 탈 때 첫 번째 침대칸이었다는 사실이다. 그렇다면 1호 아니면 20호일 터인데 난데없이 7호라니?

나는 나를 의심하기 시작한다. 원체 나는 수數에 약하다. 수치數恥에 가깝다. 오죽하면 아들은 나의 증상을 질병 수준이라고 했을까.

나는 나를 버리고 남자를 믿기로 했다. 7호방으로 가서 문손잡이를 잡으려 하는데 추리닝을 입은 방주인 남자가 안에서 불쑥 문을 열고 나온다. 이 방도 아니었던 것이다. 사정을 들은 남자는 나의 '첫 번째 방'을 주목하더니.

"그런데요, 몇 호차였지요?"

"아, 몇 호차? 3호차였는데요."

"여기는 1호차 침대칸입니다. 3호차로 모셔다 드리겠습니다."

그렇구나. 화장실을 찾아 빙빙 돌다가 1호차까지 와 버린 모양이 구나. 그는 친절하게도 나를 방 앞까지 데려다주었다. 문은 쉽게 열렸 다. 친구는 내가 없어진 줄도 모르고 곯아떨어져 있었다.

문을 잠그고 자리에 누웠다. 문득 한 가지 의문이 생겼다. 20호 남 자는 왜 나를 7호 여인으로 찍었을까. 그는 왜 나를 보자마자 7호로 단정했을까. 귀찮았던 것일까. 골탕 먹이려고 그랬을까.

　아하! 그제서야 문을 열었을 때 두 사람이 포개어져 있었던 것이 생각났다. 그들 역시 나처럼 화장실을 다녀왔는지도 모를 일이다. 문 잠그는 일에 부주의한 사이 내가 방문을 열고 들어갔던 것이었다. 이국에서 치르는 중요한 이벤트에 초대받지도 않은 손님이 들이닥친 셈이었다. 남자는 놀라 벌떡 일어났고, 나는 황급히 복도로 밀려났다.

　그렇다면 남자의 '7'은 무엇이었을까. 일반적으로 7은 행운의 숫자로 알려져 있다. 내가 들어갔을 때 그는 아마 행운의 찬스를 잡으려던 참이었던 모양이었다. 방해꾼을 치우려는 위기의 순간에 무의식 중 7이 튀어나왔으리라 짐작되었다. 특별한 행사라 심야의 침입자에게도 벌 대신 행운을 조금 나누어 주고 싶었으리라. 기차는 이 사실을 아는지 모르는지 철커덕거리며 새벽을 뚫고 달렸다.

겨울

꼴찌의 변辯

자식이 넷이나 되다 보니 별일이 다 있다. 둘째 딸 이야기다. 이 아이는 감성적이고 지적 호기심은 왕성한데 운동신경이 바닥이었다. 특히 달리기를 못했다. 달렸다 하면 꼴찌였다. 타고난 성실함으로 온 힘을 다해 달리는데도 6명이 달리면 6등이고 8명이 달리면 8등이었다.

운동회 날이 되면 우리 집은 초비상이었다. 달리기 없는 운동회는 없기 때문이었다. 둘째는 우선 출발 동작부터 늦었다. 선 위에 아이들을 주르르 세워 놓고 선생님이 뒤에서 총을 탕 쏘면 둘째는 깜짝 놀라 어찌할 바를 몰랐다. 이쪽저쪽을 살펴보다가 총을 쏘는 선생님까지 돌아다보았다. 결국 다른 아이들이 저만치 앞선 후에야 부랴부랴 출발했다.

한번은 용케도 제때 출발하는가 싶더니 달리는 도중 신발이 벗겨지고 말았다. 둘째는 되돌아가서 튕겨 나간 신발을 애써 주워 신고 난 후에야 다시 달리기 시작했다. 그대로 달리지 왜 그랬느냐고 물으니 반드시 신을 신고 달려야 하는 줄 알았다고 했다. 그날은 일행과 너무 많이 떨어져서 뒤 팀에 묻어서 골인하는 해프닝을 연출했다.

다음 해에 나는 둘째의 운동회에 갈 수가 없게 되었다. 학교가 다른 동생한테 가 봐야 했기 때문이었다. 동생은 누나와 달리 펄펄 날았다. 6명이 달려도 1등을 하고 8명이 달려도 1등을 했다.

의기양양한 동생을 데리고 집으로 돌아오니 둘째 또한 기분이 몹시 들떠 있었다. 무슨 일이냐 물으니 오늘 저도 운동회에서 '참 잘 달렸다'는 것이었다. 온 식구가 둘째의 입을 쳐다보았다.

"몇 등을 했기에?"

"그야 당연히 꼴찌였지요."

"잘했다며?"

둘째가 눈을 동그랗게 뜨고 손짓까지 보태며 대답했다.

"이번에는 7등 뒤에 딱 붙어서 꼴찌 했다니까요. 바짝 붙어서."

겨울